John Boyne wurde 1971 in Dublin, Irland, geboren, wo er auch heute lebt. Er ist der Autor von neunzehn Romanen, darunter *Der Junge im gestreiften Pyjama*, der sich weltweit über zehn Millionen Mal verkaufte, zahlreiche internationale Buchpreise gewann und mit großem Erfolg verfilmt wurde. John Boynes Romane wurden in über fünfzig Sprachen übersetzt.

Adelheid Zöfel lebt und übersetzt in Freiburg im Breisgau. Zu den von ihr übersetzten Autoren gehören u. a. Marisha Pessl, Chuck Klosterman, Bill Clegg, David Gilmour, Janice Deaner und Louise Erdrich.

Weitere Informationen zum Kinder- und Jugendbuchprogramm der S. Fischer Verlage finden Sie unter www.fischerverlage.de

John Boyne

MEIN BRUDER
HEISST JESSICA

Roman

Aus dem Englischen
von Adelheid Zöfel

Vielen Dank an Inclusive Minds und ihr Inclusion-Ambassador-Netzwerk, insbesondere an Sascha Amel-Kheir, für ihre Beiträge.

Aus Verantwortung für die Umwelt hat sich der Fischer Kinder- und Jugendbuch Verlag zu einer nachhaltigen Buchproduktion verpflichtet. Der bewusste Umgang mit unseren Ressourcen, der Schutz unseres Klimas und der Natur gehören zu unseren obersten Unternehmenszielen.
Gemeinsam mit unseren Partnern und Lieferanten setzen wir uns für eine klimaneutrale Buchproduktion ein, die den Erwerb von Klimazertifikaten zur Kompensation des CO_2-Ausstoßes einschließt.
Weitere Informationen finden Sie unter: www.klimaneutralerverlag.de

Erschienen bei FISCHER KJB
Die englische Originalausgabe erschien 2019 bei Puffin Books, einem Unternehmen von Penguin Random House, London
Text copyright © John Boyne, 2019
The moral right of the author has been asserted.
Für die deutschsprachige Ausgabe:

© 2020 Fischer Kinder- und Jugendbuch Verlag GmbH,
Hedderichstraße 114, D-60596 Frankfurt am Main
Umschlaggestaltung: MT Vreden, Vreden,
nach einem Entwurf von Puffin Books, London
Umschlagabbildung: © Puffin Books
Satz: Pinkuin Satz und Datentechnik, Berlin
Druck und Bindung: CPI books GmbH, Leck
Printed in Germany
ISBN 978-3-7373-4219-3

Für meine Nichten, Maya und Ava

I

Der seltsame Nachmittag

Es gibt eine Geschichte, die ich sehr oft gehört habe, und in der Geschichte geht es darum, woher mein Bruder Jason die Narbe über seinem linken Auge hat, die fast parallel zu seiner Braue verläuft. Er war vier, als ich auf die Welt kam, und seit er denken konnte, hatte er sich einen Bruder, eine Schwester oder einen Hund gewünscht. Aber Mum und Dad sagten immer: Nein.

»Kein Mensch braucht mehr als ein Kind«, erklärte Dad. »Unser Planet ist sowieso schon überbevölkert. Weißt du, dass in der Parallelstraße eine Familie mit sieben Kindern wohnt? Und die Kinder sind alle jünger als sechs!«

»Geht doch gar nicht«, protestierte mein Bruder Jason. Er war zwar noch ein Kind, hatte aber doch schon eine Ahnung von den Tatsachen des Lebens.

Dad grinste. »Zwei Zwillingspaare.«

»Und mit einem Hund muss man dauernd Gassi gehen«, fügte Mum hinzu. »Und bevor du jetzt sagst, die Aufgabe übernimmst du – wir wissen alle, das versprichst du heute, und am Schluss bleibt die ganze Arbeit dann doch an deinem Vater und mir hängen.«

»Aber —«

»Sie machen außerdem jede Menge Dreck«, sagte Dad.

»Wer?«, fragte mein Bruder Jason. »Die Hunde oder die Geschwister?«

»Beide.«

Mum und Dad waren also strikt dagegen, dass unsere Familie Zuwachs bekam, deshalb muss es für meinen Bruder Jason ein ziemlicher Schock gewesen sein, als sie ihm eines Tages eröffneten, dass sein Wunsch nun doch in Erfüllung gehe und er in sechs Monaten ein neues Geschwisterchen haben würde. Offenbar war er dermaßen begeistert, dass er in den Garten rannte und zwanzig Minuten lang schreiend im Kreis herumraste, bis ihm total schwindelig war, und er umkippte und mit dem Kopf auf einen Gartenzwerg knallte.

Aber die Narbe stammt nicht von diesem Sturz.

Als ich auf die Welt kam, gab es ein Problem. Ich hatte ein Loch im Herzen, und die Ärzte dachten, ich würde nicht lange leben. Das Loch war zwar nur so groß wie ein Stecknadelkopf, aber bei einem Baby ist das Herz selbst nicht größer als eine Erdnuss, und deshalb kann so ein Loch echt gefährlich sein. Ich musste ein paar Tage in einem Brutkasten liegen, und dann wurde ich in einen Operationssaal gebracht, wo ein ganzes Chirurgenteam versuchte, den Fehler zu reparieren. Mein Bruder Jason war zu Hause und weinte so schrecklich, dass er vom Stuhl fiel und mit dem Kopf gegen den Couchtisch donnerte.

Aber die Narbe stammt auch nicht von diesem Sturz.

Die Ärzte teilten meinen Eltern mit, die folgende Woche sei entscheidend, aber weil sie beide superwichtige Jobs hatten, konnten sie nicht ständig bei mir bleiben – Mum ist inzwischen Ministerin, aber damals war sie noch eine ganz normale Parlamentsabgeordnete, und Dad arbeitet schon immer als ihr Privatsekretär. Sie mussten sich im Krankenhaus abwechseln. Mum war vormittags bei mir, wenn das Parlament nicht tagte, wurde aber dauernd zu irgendwelchen Sitzungen gerufen. Dad kam am Nachmittag. Er wollte allerdings auch nicht allzu lange bleiben, falls irgendwelche »Entwicklungen« eintraten, wie er sich ausdrückte, denn dann musste er so schnell wie möglich nach Westminster zurück. Mein Bruder Jason durfte am Abend nach der Operation das erste Mal zu mir, und obwohl er ja erst vier Jahre alt war, weigerte er sich, wieder nach Hause gehen. Er machte so einen Aufstand, dass die Schwestern schließlich eine Pritsche neben meinen Brutkasten stellten und ihn dableiben ließen.

»Das Baby spürt vielleicht, dass jemand bei ihm ist und aufpasst«, sagte eine Schwester. »Das kann nichts schaden.«

»Hier ist er wenigstens gut aufgehoben«, sagte Mum.

»Außerdem müssen wir dem Au-pair keine Überstunden bezahlen«, ergänzte Dad.

Aber ein paar Nächte später gaben die Maschinen, die mich am Leben hielten, irgendwelche Geräusche von sich, und mein Bruder Jason bekam so einen Schreck, dass er aus seinem Bett taumelte, um einen Arzt zu holen, und weil es im Zimmer dunkel war, stolperte er über das Kabel des Infusionsständers. Als gleich darauf die Schwester angerannt kam, stellte sie fest, dass ich friedlich schlief, während mein Bruder Jason völlig benommen auf dem Fußboden lag, mit einer blutenden Wunde über dem Auge.

»Sie dürfen meinen Bruder nicht sterben lassen!«, schrie er verzweifelt, als die Schwester sich seine Verletzung anschaute.

»Sam wird nicht sterben«, beruhigte ihn die Schwester. »Schau ihn dir an – ihm geht's prima. Er schläft tief und fest. Aber dich müssen wir nähen. Hier, drück das Handtuch gegen die Stirn, und dann gehen wir in mein Büro.«

Doch mein Bruder Jason war davon überzeugt, dass mit mir etwas nicht stimmte und etwas ganz Schlimmes passieren würde, wenn er mich allein ließ. Er weigerte sich, das Zimmer zu verlassen, und letztlich blieb der Schwester nichts anderes übrig, als die Wunde an Ort und Stelle zu nähen. Ich glaube, sie war noch relativ neu in ihrem Job, denn die Naht ist ihr nicht besonders gut gelungen.

Und daher hat mein Bruder Jason die Narbe.

Ich finde diese Narbe schon immer ganz toll, weil ich jedes Mal, wenn ich sie sehe, daran denken muss, dass er unbedingt bei mir bleiben wollte, als es mir schlecht ging. Für mich beweist diese Geschichte, wie sehr mein Bruder Jason mich liebt. Selbst als er anfing, sich die Haare wachsen zu lassen und ich die Narbe nicht mehr so oft sehen konnte, weil ihm der Pony in die Stirn fiel, wusste ich, dass sie da ist. Und ich wusste, was sie bedeutet.

Seit ich denken kann, kümmert sich mein Bruder Jason um mich. Klar, da waren auch die Au-pairs – *viele* Au-pairs. Meine Mutter sagte nämlich, wenn sie ihren Wählern nicht den Vorrang gibt, entscheiden die sich bei der nächsten Wahl für die andere Partei, und dann geht das ganze Land vor die Hunde. Und Dad sagte, es ist wichtig, dass Mum immer mit einem gewaltigen Vorsprung gewinnt, wenn sie auf der Karriereleiter noch weiter nach oben klettern will.

»Bei der Partei kommt es gut an, wenn sie nicht einfach nur so gewinnt, sondern mit einem Riesenabstand.«

Die Au-pairs blieben nie besonders lang. Sie sagten, sie seien Profis und hoch qualifiziert, hätten die Universität besucht, würden ihre Rechte kennen und sich nicht wie Sklaven behandeln lassen. Und Mum wies bei diesen Debatten immer darauf hin, wenn sie tatsächlich so hoch qualifiziert und gebildet seien, müssten sie doch eigentlich wissen, dass Sklaven nicht bezahlt wurden, wohingegen sie ja durchaus ein Gehalt bekämen. Dann wandte sie sich an Dad und sagte so etwas wie: »Das sind die Leute, die auf Demonstrationen gehen und gegen alles Mögliche protestieren, aber keinen Finger krumm machen, um anderen zu helfen.« Bei diesen Streitereien wurde kein Thema ausgespart, alles kam zur Sprache, vom Niedergang des Gesundheitswesens bis zur atomaren Abrüstung, von den steigenden U-Bahn-Preisen bis zum Friedensprozess im Nahen Osten.

Manchmal einigten sich meine Eltern und die Au-pairs auf irgendwas, aber diese Einigung hielt meistens nur ein paar Wochen, und schon flackerte der Streit wieder auf. Dann wurde die ursprüngliche Stellenanzeige hervorgezerrt, und das Au-pair-Mädchen (einmal war es auch ein Junge) wies darauf hin, dass da nicht stand, sie müsse auch die Kleider der Eltern bügeln und im Vorgarten Unkraut jäten sowie Tausende von Wahlflugblättern falten und in Briefumschläge stecken, während ihre Arbeitgeber im Wohnzimmer sitzen und fernsehen. Mum deutete dann auf den Punkt *andere allgemeine Haushaltsarbeiten*, und schon ging das Geschrei wieder los. Es fiel der Satz »Wenn es Ihnen hier nicht passt, können Sie ja gehen«, und anschließend stritten sich Mum und

Dad. Dad sagte: »Es dauert bestimmt eine Ewigkeit, bis wir ein neues Au-pair finden, und ich muss dann die ganze Zeit zu Hause bleiben bei den *Blagen*«, und Mum sagte: »Du willst doch nur, dass sie bleibt, weil du so gern auf ihren Po glotzt« – die Formulierung stammt von meiner Mum, ich zitiere nur. Und schließlich verkündete das Mädchen, sie streike jetzt für bessere Arbeitsbedingungen. Woraufhin sie zu hören bekam, dann könne sie gleich ihre Siebensachen packen und bis spätestens morgen Nachmittag verschwinden, auf Nimmerwiedersehen – und tschüs!

So kamen und gingen die Mädchen wie die Jahreszeiten, und ich wusste, es lohnt sich nicht, dass ich versuche, mich an eine von ihnen zu gewöhnen. Und als ich zehn war und mein Bruder Jason schon vierzehn, meinte Mum, wir bräuchten kein Au-pair mehr. Jason könne mich ja jeden Tag von der Schule nach Hause bringen, außer wenn er Fußballtraining hatte. In dem Fall sollte ich mich auf die Tribüne setzen und dort meine Hausaufgaben machen, bis das Training vorbei war. Und Jason sagte, »okay«, aber dann wolle er genauso viel Kohle wie die Au-pairs, und Dad sagte: »Du wohnst hier und musst keine Miete zahlen, du kriegst zu essen, und du hinterlässt so viel Dreck, von deinen Fußballschuhen und dem ganzen Krempel – wie wär's, wenn wir sagen, wir sind quitt?«

Manche Leute denken vielleicht, dass sie ein paar

gute Fußballer kennen, aber garantiert ist keiner von denen so gut wie mein Bruder Jason. Er fing an, Fußball zu spielen, als er gerade mal laufen konnte, und schon mit neun machte er einen Aufnahmetest bei der Arsenal-Fußballschule, aber da teilte man ihm mit, er sei noch nicht so weit. Nach einem Jahr wollten sie ihn noch mal sehen. Also ging er zwölf Monate später wieder hin, und der Coach sagte, er habe in der Zwischenzeit wahnsinnige Fortschritte gemacht, und bot ihm sofort einen Platz an, aber zur allgemeinen Überraschung lehnte mein Bruder Jason das Angebot ab. Er sagte, es mache ihm Spaß, in der Schule Fußball zu spielen, aber er wolle nicht, dass der Fußball sein Leben beherrscht, und auf keinen Fall habe er vor, später Profi zu werden.

»Aber das ist doch albern«, sagte Mum. Ein Jahr zuvor hatte sie mit dem Leiter der Fußballschule einen Riesenkrach angefangen, als der meinen Bruder Jason nicht haben wollte – sie hatte sogar ein paar drohende Andeutungen in Richtung Sportförderung gemacht. »Du hast eindeutig Talent. Ich habe dich doch spielen sehen – du bist besser als alle anderen in deiner Klasse. Du ... also echt, du kickst den Ball, und immer landet er im Tor ... jedenfalls oft.«

»Kannst du nicht einfach die nächsten sieben oder acht Jahre auf die Fußballschule gehen?«, schlug Dad vor. »Das ist doch nicht besonders lang. Nur, bis du mit der Schule fertig bist, und danach kannst du ja immer noch über deine Zukunft entscheiden. Für Mum und mich würde es sich sehr gut machen, wenn du in einem Profi-Club spielst. Die Wähler lieben so was.«

»Aber ich will es nicht!«, beharrte Jason. »Ich möchte nur zum Spaß spielen.«

»*Zum Spaß?*«, wiederholte Dad und starrte ihn an, als hätte er eine Fremdsprache gesprochen. »Du bist zehn Jahre alt, Jason! Glaubst du ernsthaft, im Leben geht es um Spaß?«

»Ja, klar«, antwortete er.

»Weißt du, was dein Problem ist, Jason?«, schaltete Mum sich ein, die ihre Fingernägel feilte und dabei die Zeitungen überflog.

Er schüttelte den Kopf. »Nein«, sagte er. »Was?«

»Du bist egoistisch. Du denkst immer nur an dich.«

Und obwohl ich damals erst sechs war und bei dem Gespräch still in der Zimmerecke saß, wusste ich, dass das nicht stimmte, weil mein Bruder Jason nämlich alles andere als egoistisch ist.

»Warum möchtest du kein berühmter Fußballer werden?«, fragte ich ihn einmal, als ich auf seinem Bett lag und er für mich CDs auflegte und mir bei jedem Song, den er spielte, erklärte, warum es der beste Song aller Zeiten war und warum ich unbedingt meinen Musikgeschmack verbessern musste und keinen Schrott mehr hören durfte. An der Wand hingen lauter Bilder von Fußballspielern, aber andererseits hing da auch ein

Poster von Australien und eins von *Shrek*, und ich nahm nicht an, mein Bruder Jason wollte ein Kontinent oder ein Oger sein.

»Ich habe einfach keine Lust.« Er zuckte die Achseln. »Nur weil ich was gut kann, Sam, heißt das doch noch lange nicht, dass ich es mein ganzes Leben lang machen will. Es gibt jede Menge andere Sachen, die ich stattdessen machen könnte.«

Ehrlich gesagt – in meinen Ohren klang das ziemlich vernünftig.

Letztes Jahr, als ich dreizehn war, mussten wir in Englisch übers Wochenende einen Aufsatz schreiben mit dem Thema *Der Mensch, den ich am meisten bewundere*. Sieben Mädchen schrieben über Kate Middleton, fünf Jungen über David Beckham und drei über *Iron Man*. Außerdem gab es noch verschiedene andere Personen, zum Beispiel die Queen, J. K. Rowling und Barack Obama. Mein Erzfeind, David Fugue – der mich seit dem Tag, an dem ich ihn in unserer Straße willkommen heißen wollte, pausenlos piesackte –, also dieser David schrieb über Kim Jong-un, den Oberbefehlshaber von Nordkorea. Unser Englischlehrer, Mr. Lowry, führte siebenundachtzig triftige Gründe an, weshalb Kim Jong-un kein positives Vorbild sein konnte. David Fugue wartete, bis er fertig war, und verkündete dann, Mr. Lowry solle gut aufpassen, was er sage, sonst könnte er in größte

Schwierigkeiten geraten. Er, David, spiele nämlich jeden Abend mit Kim Jong-un online, und sie seien richtig gute Freunde geworden. Ein Wort von ihm, und schon könnte Mr. Lowry auf dem Heimweg heute Abend in einen extrem unerfreulichen Unfall verwickelt werden. Das kam nicht gut an. David bekam einen Brief für seine Eltern, und am nächsten Tag musste er vor die Klasse treten und sich dafür entschuldigen, dass er in der Schule mit Gewalt gedroht hatte.

Ich habe als Einziger nicht über einen berühmten Menschen geschrieben. Sondern über meinen Bruder Jason.

Fünf Dinge, über die ich in meinem Aufsatz geschrieben habe

1. Wie mein Bruder die Narbe auf seiner Stirn bekommen hat, als ich noch ein Baby war. Allerdings habe ich gelogen und behauptet, ich hätte immer noch ein Loch in meinem Herzen und könnte jeden Tag tot umfallen, ohne Vorwarnung – was nicht stimmt, weil die Ärzte das Loch repariert haben, aber die Geschichte brachte mir zahlreiche Mitleidspunkte ein.
2. Wie er mich einmal gerettet hat, als ich fast überfahren worden wäre. Er hat mich gerade noch rechtzeitig weggeschubst, und als der Fahrer ausstieg und anfing, mich zu beschimpfen

— obwohl er eindeutig schuld war, denn da war ein Zebrastreifen —, scheuchte mein Bruder Jason ihn zurück in sein Auto und machte dabei ein Gesicht, als würde er ihn umbringen, wenn er ihn erwischte.

3. Dass er Kapitän der Fußballmannschaft war und fast Profi geworden wäre, wenn er es nur gewollt hätte — aber dass es so viele andere Dinge gab, die er stattdessen machen wollte.
4. Dass er mit Penny Wilson zusammen war, und wie jeder wusste, war Penny das hübscheste Mädchen an der ganzen Schule.
5. Dass er mich vor Brutus gerettet hat, diesem fürchterlichen Kläffer, der bei uns in der Straße wohnt und sofort anfängt zu sabbern, wenn er mich sieht, als wollte er mich bei lebendigem Leib auffressen, weil er glaubt, ich bin die leckerste Mahlzeit auf dem Planeten.

Fünf Dinge, über die ich in meinem Aufsatz nicht geschrieben habe

1. Dass er erst vor ein paar Wochen furchtbar Krach mit Mum und Dad hatte — er hat ihnen vorgeworfen, dass sie nie zu Hause sind, und dass Mums Job immer viel wichtiger ist als wir, und dass er nicht bis in alle Ewigkeit auf mich aufpassen kann, weil er schließlich auch

sein eigenes Leben hat. Wie soll es weitergehen, wenn er mal auf der Uni ist?, wollte er wissen. Aber Mum sagte, bis dahin sei ich alt genug, um auf mich selbst aufzupassen. Da hat er verzweifelt die Hände in die Luft gestreckt und gerufen: »Ich geb's auf!«, ist in sein Zimmer gerannt und hat danach einen ganzen Tag lang mit keinem geredet, nicht mal mit mir.

2. Dass er nicht bei Facebook ist, auch nicht bei Twitter, Instagram oder Snapchat, weil er es nicht ausstehen kann, dass alle Leute rumlaufen und immer nur auf ihr Smartphone glotzen und dass sie überhaupt alles nur tun, um es fotografieren zu können, und es gar nicht richtig erleben.

3. Dass ich ihn letzte Woche erwischt habe, wie er mit Penny Wilson in seinem Zimmer geknutscht hat, als ich reingeplatzt bin, ohne zu klopfen, und dass er mich mit einem Tennisschläger verjagt hat.

4. Dass er gesagt hat, wenn er achtzehn ist, wählt er die anderen, nicht Mums Leute, weil die alle miteinander korrupt sind und nur auf ihren eigenen Vorteil bedacht.

5. Dass er seit ein paar Monaten seine blonden Haare wachsen lässt und lauter blöde Fransen und Stufen reinschneidet, obwohl alle, ich auch,

finden, dass er dadurch aussieht wie ein Mädchen.

Ein paar von meinen Freunden machten Gesichter, als würden sie sich fremdschämen, weil ich über meinen Bruder geschrieben hatte, aber er ist ja tatsächlich der Mensch, den ich am meisten bewundere, deshalb fand ich es nur angemessen, dass mein Aufsatz über ihn ging. Er war immer da, wenn ich ihn brauchte. Als ich noch klein war, durfte ich jedes Mal zu ihm ins Bett krabbeln, wenn ich schlecht geträumt hatte, und er hat mich beruhigt und gesagt, alles ist gut. Und später hatte ich ja dann die Probleme mit dem Lesen, und Dad sagte, ich muss getestet werden. Wie sich herausstellte, habe ich eine Leseschwäche, und da war es mein Bruder, der sich jeden Abend mit mir hinsetzte und mir bei den Hausaufgaben geholfen hat, und er wurde kein einziges Mal ungeduldig, auch wenn ich selbst noch so genervt war, weil die Buchstaben über die Seite tanzten und keinen Sinn ergaben. Er hat nie geschimpft oder gesagt: *»Lies doch einfach, was auf der blöden Seite steht«*, wie Dad das immer machte, und er sagte ganz oft: »Irgendwann wird das garantiert besser, versprochen.« Er hilft mir, hat er gesagt, und er wird immer für mich da sein, denn schließlich sind wir Brüder, und nichts kann uns trennen.

Ich habe ihm geglaubt.

Dass mit meinem Bruder Jason etwas nicht stimmt, wusste ich schon ungefähr anderthalb Jahre, bevor er uns sein Geheimnis offenbarte. Er war zwar immer noch mein bester Freund, aber irgendwie entfernte er sich von mir – von uns allen. Manchmal schloss er sich in seinem Zimmer ein und weigerte sich stundenlang, die Tür aufzumachen. Ich konnte es nicht ausstehen, wenn er das machte, weil er mich vorher nie von irgendwas ausgeschlossen hatte, und jetzt konnte ich noch so oft klopfen, er rief immer nur, ich solle verschwinden und ihn in Ruhe lassen.

An einem Tag lag er weinend auf seinem Bett, als ich von der Schule nach Hause kam, und ich wusste nicht, was tun, denn das war der totale Rollentausch: Eigentlich war ich derjenige, der öfter traurig war, vor allem, wenn mich wieder jemand ausgelacht hatte, weil ich nicht so gut lesen konnte, und mein Bruder Jason baute mich dann wieder auf. Natürlich wollte ich für ihn da sein, aber ich hatte keinen Schimmer, wie man ein großer Bruder ist, weil ich ja immer der kleine Bruder war. Es machte mir Angst, ihn so zu sehen. Ich fragte ihn, was los ist, und als er sich aufrichtete, konnte ich ihm ansehen, dass er schon ganz lang geweint hatte, denn sein Gesicht war knallrot, und seine Augen waren verquollen.

»Nichts ist los«, sagte er.

»Doch, irgendwas ist los. Du hast geweint.«

»Geh in dein Zimmer, Sam. Bitte. Ich will nicht darüber reden.«

Und weil ich nicht wusste, was ich sagen sollte oder wie ich ihm helfen könnte, tat ich genau das – ich ging in mein Zimmer.

»Teenager«, brummte Dad, als ich ihn deswegen fragte. »Du musst wissen – wenn man Kinder hat, ist das Schlimmste, dass diese Kinder alle Teenager werden. Wenn sie über Nacht von zwölf auf zwanzig umschalten würden, wäre das Leben wesentlich einfacher.«

»Aber was macht er da drin in seinem Zimmer?«, wollte ich wissen.

»Ich will gar nicht drüber nachdenken. Manche Dinge lässt man am besten auf sich beruhen, wenn du mich fragst.«

»Findest du auch, dass er irgendwie anders ist?«

»Was meinst du mit *irgendwie anders*?«

»Keine Ahnung – stiller. Wütender. Ziemlich oft schlechter Laune.«

»Das Einzige, was mir als *anders* aufgefallen ist, sind seine Haare. Ich habe ihm schon gesagt, er soll endlich zum Friseur gehen, aber er weigert sich. Ich glaube, er merkt gar nicht, wie bescheuert er aussieht, wenn ihm die Haare über die Schulter hängen. Als würde er denken, es sind wieder die siebziger Jahre, und er ist das blonde Mädchen von ABBA.« Dad verstummte und lächelte in sich hinein, als hätte er plötzlich einen Flashback. Dann seufzte er und machte ein ganz verträumtes Gesicht.

»Dad?«, sagte ich, um ihn zurückzuholen.

»Entschuldige«, sagte er. »Es ist nur ... Agnetha und ich, wir hatten eine ganz spezielle Beziehung, als ich so alt war wie du. Aber ehrlich gesagt – manchmal hätte ich Lust, zu warten, bis dein Bruder schläft, und dann schleiche ich mich mit einer Schere in sein Zimmer und schneide ihm die Haare ab.«

»Mit ihm stimmt irgendwas nicht«, sagte ich. »Er ist so ...«

»So – wie?« Dad wandte sich mir zu, und einen Augenblick lang fand ich, er sah besorgt aus, was ich bei ihm noch nicht so häufig beobachtet hatte.

»Ich weiß nur, dass er nicht der alte Jason ist«, sagte ich. »Irgendwas ist los mit ihm. Etwas Wichtiges. Das merke ich.«

»Ach, du meine Güte, Sam.« Dad seufzte und widmete sich wieder seinem Computer, neben dem eine Liste mit den Namen sämtlicher Fraktionsmitglieder lag, manche mit einem grünen Häkchen, andere mit einem roten Kreuz und wieder andere mit einem gelben Fragezeichen. »Mit jedem Menschen ist immer irgendwas los. Versuch zum Beispiel mal herauszufinden, wen diese Leute im Ernstfall unterstützen. Ich würde mir an deiner Stelle keine Gedanken machen.«

»Aber ich mache mir Gedanken!«, sagte ich.

Er schaute mich an und hielt meinen Blick etwas länger fest als nötig.

»Du hast auch was gemerkt, stimmt's?«, sagte ich.

»Nein.«

»Doch!« Ich ließ nicht locker. »Ich seh's dir an.«

»Stimmt aber nicht!«, rief er. »Und jetzt hör bitte auf, mich zu nerven. Ich muss arbeiten.«

»Stimmt doch!«, murmelte ich und ging.

Am meisten verunsichert hat mich allerdings etwas, das an dem Nachmittag passierte, den ich später den *extrem seltsamen Nachmittag* genannt habe. Ich kam früher als sonst von der Schule nach Hause – eigentlich hätte ich Schwimmen gehabt, aber kurz vorher pinkelte ein Siebenjähriger ins Wasser, deshalb gab's keinen Schwimmunterricht –, und als ich den Schlüssel im Schloss drehte, hörte ich meinen Bruder Jason ganz laut aus der Küche rufen:

»Wer ist da?« Irgendwas an seinem Tonfall ließ mich aufhorchen. So angespannt klang er sonst nie.

»Ich bin's nur!«, antwortete ich, ließ meine Schultasche auf den Boden fallen und ging in Richtung Küche, um den Kühlschrank zu inspizieren.

»Bleib, wo du bist!«, rief mein Bruder Jason, und ich blieb stehen, buchstäblich mit einem Fuß in der Luft, wie eine Figur aus einem Comic.

»Was ist los?«, fragte ich.

»Gar nichts. Bleib genau da, wo du jetzt bist, okay? Oder noch besser: Geh runter in Mums Büro.«

Völlig verwirrt machte ich einen Schritt rückwärts und schaute zu der Tür, die ins Untergeschoss führte. Ich durfte nicht ins Untergeschoss – streng verboten! Mum sagt, das wäre eine Verletzung ihres Heiligtums. Und sie sagt, dass sie da unten Staatsgeheimnisse aufbewahrt. Ich habe sie mal gefragt, ob sie den Code für die Atomwaffen in ihrem Büro versteckt. Sie hat nur lachend den Kopf geschüttelt und gesagt: »Noch nicht, Sam. Noch nicht.«

»Aber ich habe Hunger!«, rief ich jetzt. »Ich will mir nur ein Sandwich machen.«

Mein Bruder Jason schrie sofort wieder los. Diesmal hörte ich in seiner Stimme eine Mischung aus Wut und Angst, und es lief mir kalt den Rücken hinunter.

»Sam!«, schrie er. »Ich sag's dir – geh sofort runter in Mums Büro, kapiert? Du gehst nicht ins Wohnzimmer und auch nicht in die Küche. Geh nach unten und warte, bis ich dich hole. Sonst rede ich nie wieder mit dir. Nie wieder! In deinem ganzen Leben nicht. Verstanden?«

Ich spürte richtig, wie ich kreidebleich wurde. So hatte mein Bruder Jason noch nie mit mir geredet. Er hatte mir auch noch nie angedroht, nicht mehr mit mir zu reden. Ich bekam furchtbar Angst und war total durcheinander. Waren womöglich Einbrecher im Haus und hielten ihm eine Pistole an die Schläfe? Wollte er deswegen nicht, dass ich in die Küche kam? Ich überlegte kurz, ob ich die Polizei rufen sollte.

»Bitte, Sam«, sagte er dann. Seine Stimme war jetzt leiser, und ich konnte hören, dass er den Tränen nah war. »Bitte, mach, was ich dir sage. Bitte! Ich komme in ein paar Minuten runter und hol dich. Versprochen.«

Also ging ich hinunter in Mums Büro und wartete. Ich traute mich nicht, irgendetwas anzufassen, weil Mum das bestimmt gemerkt hätte. Es dauerte fast zwanzig Minuten, bis sich oben die Tür öffnete und mein Bruder Jason rief, ich könne wieder nach oben kommen.

»Tut mir leid«, murmelte er, konnte mir aber nicht in die Augen sehen, während ich ihn anstarrte, fassungslos, weil er so tat, als wäre gar nichts gewesen. »Ich musste nur eine irrsinnig schwere Hausaufgabe abschließen, mehr nicht, und dabei durfte ich auf keinen Fall gestört werden.«

Ich sagte nichts. Mir war klar, dass er log, aber ich wollte ihn nicht in Verlegenheit bringen. Das Ganze war so seltsam! Aber dann wusste ich plötzlich, was los war. Bestimmt hatte er ein Mädchen da gehabt! Wahrscheinlich nicht Penny Wilson, sondern irgendeine andere, und er wollte nicht, dass ich das herausfand, weil er verhindern musste, dass ich es herumerzählte. Ich entdeckte Lippenstiftspuren auf seinem Mund, und in der Luft hing ein Hauch von Parfüm.

An dem Abend, an dem er uns sein Geheimnis erzählte, waren Mum und Dad beide zu Hause, was an sich schon eine Seltenheit war. Es war in den Sommerferien, und sie saßen im Wohnzimmer. Mum las irgendwelche Positionspapiere, während Dad alle möglichen Namen murmelte und sagte, der oder die gehörten zu den Leuten, die sie noch auf ihre Seite bringen mussten, sonst würde Mum es nie schaffen, den Topjob zu kriegen, wie er sich ausdrückte. Ich versuchte, so gut ich konnte, eine *Sherlock-Holmes*-Geschichte zu lesen, folgte mit dem Finger den Wörtern und markierte mit einem Bleistift Sätze und Redewendungen, genau wie man es mir beigebracht hatte. Ich hatte Probleme beim Lesen wegen meiner Dyslexie, aber ich wollte trotzdem dauernd Bücher lesen, und es war mir egal, wenn ich dafür eine Ewigkeit brauchte. Ich war in der Mitte von *Der Mann mit der entstellten Lippe*, als mein Bruder Jason ins Wohnzimmer kam und sagte, er wolle etwas mit uns besprechen.

»Kann das nicht warten?«, fragte Mum. »Ich versuche nämlich gerade –«

»Wenn du Geld brauchst, such dir einen Ferienjob«, sagte Dad. »Wir sind nicht die Bank von –«

»Es kann nicht warten, und ich brauche kein Geld«, erwiderte er. Etwas an seinem Tonfall bewirkte, dass wir alle das, was wir gerade taten, unterbrachen und ihn anschauten. Er setzte sich mitten aufs Sofa, so weit weg wie möglich von uns, und begann zu reden.

»Es ist nicht leicht«, sagte er.

»Was ist nicht leicht?«, fragte Mum.

»Was ich euch sagen will.«

»Na, spuck's schon aus, Jason«, sagte Dad. »Wir haben nicht den ganzen Abend Zeit.«

Mein Bruder Jason schluckte, und ich merkte, dass er ein bisschen zitterte. Er legte eine Hand in die andere, um das Zittern zu kaschieren, aber seine Stimme vibrierte trotzdem.

Er sagte, es gebe da etwas, was ihm schon lange bewusst sei, etwas, was ihn betreffe und womit er nicht ganz klarkomme. Er sagte uns, er habe es schon immer gespürt, schon als kleines Kind, aber er habe sich eingeredet, dass er sich damit abfinden müsse, weil ihn alle hassen würden, wenn sie die Wahrheit erführen. Aber in letzter Zeit habe er immer wieder gedacht, dass er vielleicht doch nicht lügen musste, sondern den Leuten ehrlich sagen konnte, was los war, und dass die anderen ihn vielleicht, ganz vielleicht, sogar verstehen würden.

»Du willst uns sagen, dass du schwul bist, stimmt's?«, fragte Mum und hielt die Hand vor den Mund, aber mein Bruder Jason schüttelte den Kopf.

»Nein, das ist es nicht, was ich sagen will.«

»Jake Tomlin ist schwul«, rief ich, aber wie immer hörte mir keiner zu. Jake Tomlin war ein Junge aus meinem Jahrgang. Er hatte allen mitgeteilt, er sei schwul, aber niemand mobbte ihn deswegen, weil er nämlich sehr stark war und jeden verprügelt hätte, der es gewagt hätte, auch nur einen Witz über ihn zu machen. Ich mochte Jake, aber wir waren nicht befreundet oder so was, weil Sport für ihn viel wichtiger war als für mich.

»Könnt ihr mir nicht einfach mal zuhören?«, fragte mein Bruder Jason.

»Ist diese Penny etwa schwanger?«, wollte Mum wissen.

Ich bekam auf einmal Angst. »Du bist doch nicht krank, oder?«, fragte ich. »Musst du sterben?«

»Nein«, sagte er. »Das ist nicht das Problem. Mir geht's prima.«

»Ehrlich?«, fragte ich.

»Ehrlich«, sagte er. »Ich bin nicht krank, ich bin nicht schwul, und Penny ist nicht schwanger.«

»Gut«, sagte ich. Aber ich merkte, dass ich bei dem Gedanken, irgendetwas könnte mit ihm nicht stimmen, ganz nervös wurde. Deshalb redete ich weiter. »Du bist nämlich der beste Bruder auf der Welt, musst du wissen.« Ich hörte selbst, wie kitschig das klang, aber es war mir egal. In dem Moment musste ich genau das laut aussprechen, und mein Bruder Jason musste es hören.

Danach schwiegen wir alle eine Weile. Mein Bruder Jason starrte auf den Boden. Schließlich blickte er wieder hoch und schüttelte den Kopf. »Und genau da liegt das Problem«, sagte er. »Ich glaube, ich bin überhaupt nicht dein Bruder. Ich bin mir sogar so gut wie sicher, dass ich nicht dein Bruder bin.«

»Du bist nicht sein Bruder?«, rief Mum. »Was soll der Quatsch? Selbstverständlich bist du sein Bruder! Ich habe euch beide auf die Welt gebracht, also werde ich es ja wohl wissen.«

Ich blickte ihn entgeistert an. »Wie meinst du das?«, fragte ich ihn.

»Genauso, wie ich es sage«, antwortete er. »Ich glaube, ich bin nicht dein Bruder. Ich glaube, in Wirklichkeit bin ich deine Schwester.«

2

Böse Nachbarn

Ich bin meinem Erzfeind David Fugue das erste Mal begegnet, als wir beide sieben waren. Mrs. Henderson, die etwa dreihundert Jahre lang zwei Häuser weiter gewohnt hatte, starb, und ihre Enkelin bot das Haus sofort zum Verkauf an. Ich mochte Mrs. Henderson – sie hatte manchmal ihr künstliches Gebiss herausgenommen, um mir zu demonstrieren, wie mühelos sie es wieder einsetzen konnte, und einmal durfte ich sogar ihr Glasauge in die Schule mitnehmen, um es im Unterricht zu zeigen. Zwei meiner Mitschüler – zwei Jungen! – mussten sich übergeben. Das Auge habe sie im Krieg verloren, erklärte sie mir, aber sie wusste nicht mehr genau, wie. Was ich ziemlich merkwürdig fand. Wenn ich ein Auge verlieren würde, könnte ich mich später unter Garantie daran erinnern, wie es passiert war.

Die Frage, wer das Haus von Mrs. Henderson kauft, wurde für Mum und Dad ein Riesenthema. Sobald ein unbekanntes Auto in der Straße auftauchte, zupften sie abwechselnd die Vorhänge im vorderen Zimmer zur

Seite, oder sie gingen hinaus in den Garten, um dort nach dem Rechten zu sehen. Es wurde viel darüber spekuliert, dass die Hauspreise fallen könnten und unser Viertel sich womöglich in etwas verwandelte, was ihm nicht entsprach.

»Die Gegend hier ist sehr ruhig«, erklärte mir Mum, als ich sie fragte, warum es so wichtig sei, wer zwei Häuser weiter wohnte – wo wir es doch gar nicht hören konnten, wenn die Leute dort Partys feierten oder laute Musik spielten. Wir bekamen ja nicht mal mit, was im Nachbarhaus passierte, weil die Mauern so dick waren. »Man könnte unseren Stadtteil als Nachbarschaft bezeichnen.«

»Aber sind nicht alle Stadtteile irgendwie Nachbarschaften? Jeder hat Nachbarn«, sagte ich. Sie musterte mich kopfschüttelnd, als hätte ich null Begriffsvermögen.

»Alle hier kommen sehr gut miteinander aus«, sagte sie. »Und es wäre wirklich schade, wenn sich das ändern würde. Mrs. Henderson war wundervoll, wir werden sie alle vermissen. Ehrlich gesagt – am besten wäre sie immer und ewig dageblieben und hätte mit ihren spitzen Bemerkungen sämtliche Vertreter und Hausierer verjagt. Für mich war sie so eine Art Maggie Smith.«

»Wer ist Maggie Smith?«, wollte ich wissen.

»Professor McGonagall«, antwortete Mum. »Von den *Harry-Potter*-Filmen.«

»Ach so«, sagte ich. Dass Maggie Smith falsche Zähne und ein Glasauge hatte, war mir gar nicht aufgefallen. Das hatte sie in den Filmen verheimlicht.

»Und ich fände es schrecklich, wenn Mrs. Hendersons Vermächtnis beschädigt würde«, fügte Mum noch hinzu. Ich hatte keine Ahnung, was sie damit meinte. »Sie hätte nicht gewollt, dass irgendjemand x-Beliebiges in ihrem Haus wohnt, meinst du nicht? Aber was soll man machen? Dieses Land ist nicht mehr wie in meiner Kindheit. Bitte, versteh mich nicht falsch, Sam, ich bin selbstverständlich dafür, dass unser Stadtteil allen Menschen offensteht –«

»Ja, dafür setzen wir uns beide ein«, meldete sich Dad zu Wort, der am Küchentisch Mums Termine für die nächste Woche durchging.

»*Leben und leben lassen*, so lautet mein Motto. Schon immer. Aber damit eine Gemeinschaft funktioniert, müssen alle mitmachen. Wir müssen uns gegenseitig beistehen, wie gute Nachbarn das eben tun, damit es Spaß macht, nebeneinander zu wohnen.«

»Du kapierst doch, was sie sagen will, oder?«, fragte mich mein Bruder Jason, der in einem Sessel saß und in Mums *Vogue*-Heft blätterte, vermutlich weil es da Bilder von Mädchen in Unterwäsche zu sehen gab. (Dass das so ist, weiß ich, weil Mum, wenn sie die Hefte ausgelesen hat, sie immer in den Müll wirft, und ich fische sie dann wieder raus und verstaue sie in der abschließbaren Spezialbox hinten in meinem Schrank.) »Keine Schwarzen, keine Pakistanis, keine Iren.«

Es wurde still im Zimmer, und als Mum sich langsam vom Fenster wegdrehte, war sie ganz bleich.

»Was hast du gerade gesagt?«, fragte sie leise.

»Du hast mich genau verstanden«, erwiderte mein Bruder Jason. Er klang allerdings nicht mehr ganz so selbstsicher wie gerade eben, seine Stimme zitterte leicht. Dad hatte seinen Laptop zugeklappt und starrte Jason verblüfft an.

»Soll das ein Witz sein?«, fragte Mum.

»Ach, komm schon«, sagte mein Bruder Jason und schlug mit der Zeitschrift auf den Tisch. »Die Leute hier gehören doch allesamt zur Mittelschicht, oder? Immer schön unter sich bleiben. Nur keine Ausländer reinlassen. Ihr habt ja auch keine schwarzen Freunde, stimmt's?«

»Nein, stimmt nicht!«, widersprach Dad. »Erinnerst du dich – vor zwei Wochen waren Stephen und Angie zum Essen hier.«

»Na ja – außer den beiden«, sagte mein Bruder Jason. Ich wunderte mich, dass er Stephen und Angie vergessen hatte, weil Mum und Dad die zwei schon ewig kannten, und Stephen war sogar sein Patenonkel.

»Und wir gehen oft mit Jack und Roger was trinken!«

»Jack und Roger sind nicht schwarz«, sagte mein Bruder Jason. »Sie sind schwul.«

»Ja, aber du wirfst uns vor, wir seien spießig und hätten Vorurteile, und ich wollte dir nur beweisen, dass das nicht wahr ist. Überhaupt ist es ziemlich haarsträubend von dir, so etwas zu behaupten.«

»Finde ich auch«, sagte Mum. Ich wäre am liebsten aus dem Zimmer gerannt, weil ich ein bisschen enttäuscht war von meinem Bruder Jason, und das kam nicht oft vor. Mum fuhr fort: »Ich kann es nicht fassen, dass du solche Sachen sagst. Wenn du uns so einschätzt, dann kennst du uns gar nicht richtig.«

»Okay – tut mir leid«, brummte er schließlich. »Ich habe mich geirrt.«

»Stimmt.«

»Aber ihr könnt mir keine Vorwürfe machen, wenn ich denke, dass ihr euch nicht besonders für die Lebensumstände von Minderheiten interessiert. Schließlich –«

Ich schaute aus dem Fenster. »Seht mal – da fährt ein Auto vor!« Ein Paar stieg aus, mit einem Sohn, der ungefähr so alt war wie ich, und einer Tochter, die wahrscheinlich ein Jahr älter war. Beide Kinder wirkten alles andere als begeistert.

»Lass mich mal!«, sagte Mum und schob mich zur Seite. Ich fiel fast vom Sofa, weil sie unbedingt sehen wollte, was für Leute es waren. »Na so was!« Sie drehte sich triumphierend um. »Er ist schwarz, sie ist weiß, und ihre Kinder sind von beidem etwas. Und soll ich dir sagen, was ich jetzt mache, Jason? Ich gehe sofort raus und sage ihnen, was für ein wundervolles Viertel das hier ist. Sam, gib mir doch ein paar von den Wahlflugblättern. Es schadet nichts, wenn ich mir gleich ihre Stimmen sichere.«

Das Paar, das sich Mrs. Hendersons Haus angeschaut hatte – die Fugues –, kaufte es dann tatsächlich, und an dem Tag, als sie einzogen, machte ich einen entscheidenden Fehler. Während Mum im Internet nach einem politisch korrekten Begrüßungsgeschenk für die Familie suchte, probierte ich nämlich, mich mit dem Jungen anzufreunden.

»Ich dachte, ich komme mal vorbei und sage hallo«, sagte ich zu dem Jungen. Er stand vor seiner Haustür und schaute sich um. Dabei zog er ein Gesicht, als wären die Abwasserkanäle übergelaufen und hätten seine nagelneuen Espadrilles ruiniert. »Ihr seid gerade eingezogen, stimmt's?« Ich freute mich echt über seine Ankunft, denn in der Rutherford Road gab es keine Jungen in meinem Alter, und ich hatte auch in der Schule noch keine richtigen Freunde gefunden. Niemand kam und übernachtete bei uns, niemand lud mich ein, in den Ferien mit nach Südfrankreich zu fahren. Ich wusste nicht, was ich falsch machte, aber irgendwie klappte es einfach nicht. Vielleicht hatte es etwas damit zu tun, dass ich so schlecht lesen konnte. Dadurch war ich oft unsichtbar.

Übrigens ist es gar nicht immer so übel, unsichtbar

zu sein. Bei mir bedeutete es zum Beispiel, dass die Lehrer mich im Unterricht nicht so oft aufriefen, was ich gut fand, da ich es nicht leiden konnte, wenn alle mich anschauten, weil ich nicht begriff, dass in einem Buch das Wort *einzelgängerisch* das Wort *einzelgängerisch* war und das Wort *nebensächlich* das Wort *nebensächlich*. Es waren aber nicht nur die langen Wörter, die mich aus dem Konzept brachten. Manchmal verwirrten mich auch Wörter mit vielen Vokalen. Wie *Leguan*. Oder *aalglatt*. Oder *beieinander*. Das heißt, Wörter mit ganz vielen Konsonanten – wie *Pfropf* oder *Pfusch* – machten mir ebenfalls Probleme. So richtig logisch war das alles nicht.

»Ja, aber nur vorübergehend«, antwortete David und musterte mich von oben bis unten, als wäre ich ein Wintermantel, den er eventuell zurückgeben wollte. »Wir verkleinern uns ein bisschen, für ein, zwei Jahre. Die Rezession, du weißt ja. Die hat uns ganz schön erwischt. Unser richtiges Haus ist eine Villa, mit beheiztem Swimmingpool und Kinoraum im Untergeschoss. Wir bleiben nur hier, bis die wirtschaftliche Situation sich wieder einigermaßen beruhigt hat.«

Ich war platt. Dass jemand, der gleich alt war wie ich, so hochgestochen redete, hatte ich noch nie erlebt. Mir war die wirtschaftliche Situation ziemlich egal, ich wusste auch nicht viel darüber, wie andere Leute lebten, aber aus dem, was ich im Fernsehen sah, schloss ich, dass unser Haus um einiges schöner war als die Häuser und Wohnungen von vielen Menschen in England. In unserer Straße waren alle Häuser aus rotem Backstein, hatten einen großen Garten und drei Stockwerke. Es war nicht weit zur Oxford Street. Und am Ende der Straße, in der Nummer eins, lebte eine Person, von der Mum und Dad sagten, sie sei »ein eher unbedeutendes Mitglied der Königsfamilie« und habe »keine Hofdienstwohnung im Kensington-Palast zugeteilt bekommen.« Sie wohnte in der Nummer eins mit ihrer Sammlung von antiken Spiegeln und einem bärtigen Butler.

»Okay, verstehe«, sagte ich. »Und wie heißt du?«

»David Fugue«, antwortete er. »Vermutlich hast du schon von unserer Familie gehört. Ein Familienmitglied ist Professor in Oxford am Magdalen-College. Ich wette, du weißt nicht mal, wie man Magdalen-College schreibt. Komm schon, versuch's. Ich gebe dir fünf Pfund, wenn du es richtig buchstabierst.«

»Ich bin Sam Waver«, sagte ich. »Ich wohne zwei Häuser weiter, in der Nummer zehn.«

»Waver?« Er legte die Stirn in Falten. »Ihr habt aber nichts mit Deborah Waver zu tun, oder?«

»Doch, sie ist meine Mutter.«

»Ach, du guter Gott«, sagte er kopfschüttelnd. »Das hat uns gerade noch gefehlt. In dieser Straße wohnt eine Politikerin! Was kommt als Nächstes? Ein Filmstar? Ein Amerikaner? Du weißt ja, sie ist total korrupt, was sonst.« Er beugte sich vor und senkte die Stimme.

»Sie ist nur im Kabinett, weil sie brisante Informationen über den Premierminister besitzt. Und sie nimmt Schmiergelder.«

Ich hatte keine Ahnung, was das alles bedeutete, aber es hörte sich nicht gut an. Ich überlegte, was mein Bruder Jason an meiner Stelle tun würde. So viel wusste ich: Er konnte es nicht leiden, wenn Leute schlecht über andere redeten, deshalb beschloss ich, Mum zu verteidigen.

»Meine Mutter klettert die Karriereleiter total korrekt nach oben«, sagte ich mit hocherhobenem Kopf, stolz darauf, die Wörter wiederholen zu können, die ich schon so oft von meinem Vater gehört hatte. »Angeblich kann es passieren, dass sie irgendwann den Topjob bekommt. Also pass lieber auf, was du sagst – eines Tages hat sie den Atomcode.«

»Mein Vater hätte problemlos Premierminister werden können«, sagte David. »Aber er wollte es gar nicht. Für so was ist er viel zu intelligent. Und du weißt ja, die eigentlich Mächtigen agieren hauptsächlich hinter den Kulissen. Der Premierminister ist nur eine Marionette der globalen multinationalen Konzerne, mehr nicht.«

»Ja, klar«, sagte ich, obwohl ich keinen blassen Schimmer hatte, wovon er redete.

»Es gibt sowieso demnächst Neuwahlen, würde ich vermuten«, fuhr er fort. »Und mein Gefühl sagt mir, dass deine Mutter dann hochkant rausfliegt.«

»Du bist nicht besonders freundlich, oder?«, sagte ich mit grimmiger Miene. »Ich wollte dich eigentlich nur kurz begrüßen.«

»Tja – ich bin sowieso nicht auf der Suche nach neuen Freunden, falls du dir da irgendwelche Hoffnungen machst«, entgegnete er. »Zu Hause habe ich jede Menge Freunde, also da, wo ich in Wirklichkeit wohne.«

»In dem Haus, das euch nicht mehr gehört?«

»Es gehört uns immer noch«, fuhr er mich an. »Wir erleben hier nur eine momentane Schieflage.«

»Schieflage?«

»Ein Kurzzeitphänomen.«

»Was heißt das?«

»Entschuldige – ist Englisch wirklich deine Muttersprache?«

»Oui, bien sûr.« Ich fand meinen kleinen Scherz super, aber David verdrehte nur die Augen.

»Ach, du lieber Gott.« Er seufzte. »Wo sind wir denn hier gelandet?«

Allmählich wurde ich sauer. »Vielleicht hat meine Mum doch recht, und wir sollten dafür sorgen, dass dieses Viertel eine Nachbarschaft bleibt.«

Er legte die Stirn in Falten und zog ein klitzekleines Notizbuch mit Ministift aus seiner Gesäßtasche. »Tatsächlich? Das hat deine Mum gesagt?«, fragte er und kritzelte den Satz in das Heft. »Und was genau hat sie damit gemeint?«

»Nichts«, sagte ich, weil ich merkte, dass ich etwas Blödes gesagt hatte. »Sie ist nicht rassistisch, falls du das denkst. Mein Bruder Jason hat das zwar behauptet, aber dann hat Dad gesagt, das kann gar nicht sein, weil sie ja mit Stephen und Angie befreundet sind und –«

»Ich nehme mal an, die sind schwarz?«

»Ja«, sagte ich. »Und Jack und Roger sind schwul.«

»Wer sind Jack und Roger?«

»Freunde von meinen Eltern.«

»Das heißt, sie haben zwei schwarze Freunde und zwei schwule Freunde. Wie progressiv! Sie sind bestimmt sehr stolz auf sich.«

»Ach, halt doch die Klappe«, rief ich. »Ich habe noch nie jemanden getroffen, der so bescheuert ist wie du.«

»Typisch Proll«, sagte er.

»Ich hab gesagt, halt die Klappe.«

»Halt *du* die Klappe, du Proll! Spiel dich nicht so auf!«

»Du bist gerade erst hierhergezogen. Ich war vor dir da!«

»Und wir bleiben sowieso nicht lange. Sobald die wirtschaftliche Lage –«

»Ja, ja, ja!«, unterbrach ich ihn, machte kehrt und marschierte nach Hause. Innerlich kochte ich. Was bildete dieser Kerl sich eigentlich ein? Er kam in unser Viertel und redete in diesem unverschämten Tonfall mit mir und beschimpfte mich. Ich hasste ihn jetzt schon.

Wie sich herausstellte, war das vermutlich die netteste Unterhaltung, die wir je führten. Wir prügelten uns zwar nie in den kommenden Jahren, aber David ärgerte mich ständig und tat so, als wäre er uns allen haushoch überlegen. Die ganze Zeit behauptete er, wenn die wirtschaftliche Situation wieder okay sei — was nie einzutreten schien —, dann würden er und seine Familie sofort verschwinden und zu ihrem eigentlichen Haus zurückkehren, zu der Villa mit dem beheizten Swimmingpool und dem Kinoraum im Untergeschoss.

Acht Dinge, die ich meinem Erzfeind David Fugue wünsche

1. Dass er von einem Hai gefressen wird.
2. Dass ihn ein Irrer in einen Keller sperrt und ihm nichts anderes zu essen gibt als grünes Gemüse — zum Frühstück, zum Mittagessen und zum Abendessen.
3. Dass er eine ganze Woche lang Ed Sheerans Alben hören muss, in Dauerschleife.
4. Dass er von einer Familie adoptiert wird, die in Neuseeland lebt.
5. Dass er eines Tages im Unterricht zu Miss Whiteside, unserer Mathelehrerin, »Mum« sagt — davon erholt sich keiner.

6. Dass er ertappt wird, wie er auf dem Jungenklo sein eigenes Spiegelbild küsst, und von einem Mitschüler dabei fotografiert wird, der das Bild an alle schickt.
7. Dass er in eine Jugendstrafanstalt gesperrt wird.
8. Dass er eines Morgens mit mindestens zwanzig Pickeln im Gesicht aufwacht.

Aber obwohl David Fugue und ich einander nicht ausstehen konnten, hätte ich nie gedacht, dass ausgerechnet er das Geheimnis meines Bruders Jason herausfinden und es als Erster in die Welt hinausposaunen würde. Als das passierte, hatte ich das Gefühl, dass er seit einer Ewigkeit auf diesen Triumph gewartet hatte und nun wild entschlossen war, jede Minute auszukosten.

Am Morgen, nachdem Jason uns sein Geheimnis eröffnet hatte, saß unsere ganze Familie am Frühstückstisch, aber wir schauten einander nicht an.

»Ich finde, am besten tun wir so, als wäre gestern Abend gar nichts gewesen«, sagte Mum schließlich. Bis dahin hatte man nur gehört, wie Butter auf einen Toast gekratzt oder heißer Tee geschlürft wurde. »Es war einfach einer dieser merkwürdigen Abende, wie es sie im Leben manchmal gibt. Und die man möglichst schnell vergisst – wie zum Beispiel den Abend, als euer Vater vor der Königin Karaoke gesungen hat.«

Dad verzog das Gesicht. Er hielt sich für einen großartigen Sänger, war er aber nicht.

»Wenn ich mich recht entsinne«, wandte er ein, »hat sie am Schluss applaudiert.«

»Das war reine Höflichkeit. Die Königin ist immer höflich. Selbst wenn jemand *A Crazy Little Thing Called Love* verhunzt.«

Mum schaute zu Bradley hinüber, ihrem Fahrer, der morgens meistens auf eine Tasse Kaffee hereinkam, während sie sich abmarschbereit machte. Sie bat ihn, doch bitte draußen im Auto zu warten.

»Das Beste, was jetzt passieren kann«, fuhr sie fort, als er gegangen war, »ist, dass wir alle weitermachen wie vorher und uns so benehmen, als wäre es ein seltsamer Traum gewesen. Jason, du bist in der Pubertät, und du bist verwirrt, mehr nicht. Du wirst da rauswachsen. Es ist nur eine Frage der Zeit. Im Radio und im Fernsehen wird dauernd erzählt, dass Leute transgender sind« — bei dem Wort *transgender* machte sie mit den Fingern Anführungszeichen in die Luft —, »und im Grunde willst du nur anders sein als alle andern und deine eigene Identität formen. Alle Jugendlichen wollen das. Also — ich zum Beispiel, ich wollte in deinem Alter unbedingt Privatdetektivin werden, einfach weil ich zu viele *Nancy-Drew*-Bücher gelesen habe. Und weißt du noch, wie dein Bruder letzten Sommer pausenlos die CDs von Ed Sheeran gehört hat?«

»Stimmt.« Ich nickte. »Und wenn ich heute dran denke, habe ich null Ahnung, was mich damals eigentlich dazu getrieben hat.«

»Auf jeden Fall will ich, dass du das, was du uns gesagt hast, sonst niemandem erzählst«, sagte Mum noch. »Verstanden?«

Mein Bruder Jason blickte hoch, und als ich seinen Gesichtsausdruck sah, so traurig und verlassen, schaute ich schnell weg.

»Eure Mutter und ich haben gestern noch bis spät in die Nacht geredet«, sagte Dad und tätschelte meinem Bruder Jason die Schulter, als wäre er ein kleines Hündchen. »Du machst eindeutig eine Persönlichkeitskrise durch, aber wir sind deine Eltern, wir lieben dich, und wir werden Hilfe für dich suchen.«

»Was für Hilfe?« Seine Stimme klang hoffnungsvoll. Vielleicht dachte er ja auch, dass es einen Ausweg für ihn gab.

»Medizinische Hilfe«, sagte Mum.

»Was für medizinische Hilfe?«

»Na ja – keine Ahnung«, antwortete sie etwas genervt. »Ich bin doch kein Arzt. Aber vielleicht gibt es Tabletten. Oder Hypnose. Oder Elektroschocks.«

»Was ist das?«, wollte er wissen.

»So genau weiß ich das auch nicht – jedenfalls wird man an ganz viele Kabel angeschlossen, und immer, wenn man etwas denkt – etwas, was man nicht denken soll –, bekommt man einen elektrischen Schlag. Nur einen ganz leichten, natürlich. Ohne bleibenden Schaden. Und mit der Zeit hat man vor diesen Schlägen solche Angst, dass man die Gedanken nicht mehr denkt.«

»Wie bitte?« Jetzt klang er fassungslos.

Dad mischte sich ein. »Also, ich habe mir überlegt, ob es eventuell eine gute Idee sein könnte, wenn wir Hector um Rat fragen.«

»Welchen Hector?«, fragte Mum.

»Den Gesundheitsminister, Hector Dunaway. Wen sonst? Wie viele Hectors kennst du? Er hat doch bestimmt eine Liste mit allen Koryphäen auf diesem Gebiet.«

Mum musterte ihn kurz, dann lehnte sie sich zurück, verschränkte die Arme vor der Brust und fing an zu lachen. »Tut mir leid, Alan«, sagte sie kopfschüttelnd. »Aber – hast du komplett den Verstand verloren? Du denkst tatsächlich, ich soll Hector mitteilen, dass unser Sohn denkt, er ist ein Mädchen?«

»Das heißt *transgender*«, sagte mein Bruder Jason.

»Ich kenne den Begriff.« Mum funkelte ihn an. »Ich habe das Wort ja vorhin selbst benutzt. Ich will nur vermeiden, dass wir uns zu sehr daran gewöhnen, das ist alles.«

»Warum?«, fragte ich.

»Darum«, erwiderte sie.

»Tolle Antwort«, knurrte mein Bruder Jason.

»Es wäre ein gigantischer Fehler, mit Hector darüber zu sprechen. Wir wissen ja gar nicht, ob er nicht selbst Führungsambitionen hat.«

»Stimmt.« Dad schaute auf den Tisch, einigermaßen eingeschüchtert. »Blöder Vorschlag. Rede nicht mit Hector darüber.«

»Ehrlich gesagt, ich verstehe nicht, wie du so was vorschlagen kannst.«

»Ich habe doch schon zugegeben, dass es eine blöde Idee war«, sagte Dad gereizt.

Mum meckerte weiter. »Karaoke war eine blöde Idee. Aber der Vorschlag, mit Hector zu reden, ist komplett schwachsinnig!«

»Okay, meinetwegen. Und jetzt?«

»Wir sagen es keinem«, erklärte Mum und blickte von einem zum andern. »Gar keinem. Wir behandeln es so, als hätte Jason jemanden umgebracht.«

»Aber ich habe niemanden umgebracht!«, protestierte er.

»Natürlich nicht. Das war kein guter Vergleich. Aber vergiss nicht – selbst wenn du jemanden umgebracht hättest, würden wir als deine Eltern alles tun, um dich zu beschützen.«

»Willst du etwa behaupten, wenn ich eines Tages nach Hause käme und euch gestehen würde, dass ich jemanden umgebracht habe, dann würdet ihr das vertuschen?« Seine Stimme wurde immer lauter, weil er jetzt richtig empört war. »Und ihr findet, wenn jemand transgender ist, dann ist das genauso schlimm, wie wenn jemand einen Mord begeht?«

»Ach, du guter Gott, ich weiß schon gar nicht mehr, was ich rede«, rief Mum und schlug mit beiden Händen auf den Tisch, so dass sämtliche Teller, Tassen und Gläser schepperten und wir alle erschrocken zusammenzuckten. »Natürlich finde ich das nicht! Ich will ... Ich versuche doch nur, irgendwie zu begreifen, was los ist, und dann das zu tun, was für uns alle am besten ist, okay? Das Ganze ist so neu für mich – verstehst du das denn nicht? Du kannst nicht erwarten, dass wir für jedes Problem blitzschnell eine Lösung parat haben. Du hast schon eine ganze Weile darüber nachgedacht. Aber für euren Dad und mich ist es komplett neu!«

Mein Bruder Jason sagte nichts, aber ich konnte ihm ansehen, dass er bedauerte, überhaupt etwas gesagt zu haben. Er hatte noch keinen Bissen gegessen. Nicht mal seinen Orangensaft hatte er angerührt, dabei trank er sonst immer so viel O-Saft, dass Dad meinte, demnächst würde er sich in eine Apfelsine verwandeln.

»Und du, Sam«, sagte Mum und deutete mit dem Finger auf mich. »Du verlierst kein Sterbenswörtchen über die ganze Sache, kapiert? Zu keiner Menschenseele! Ich weiß ja, was für ein Plappermaul du manchmal bist.«

Ich nickte. Da musste sie sich keine Sorgen machen.

Ich hatte nicht die geringste Absicht, mit irgendjemandem darüber zu reden. Das Letzte, was ich brauchte, waren noch mehr Probleme in der Schule.

»Und du …« Mum drehte sich zu Jason, der zu meinem großen Schrecken die Hände vors Gesicht geschlagen hatte und weinte.

»Weshalb weinst du?«, fragte Dad und legte ihm die Hand auf den Ellbogen. »Merkst du nicht, dass wir dir helfen wollen?«

»Tut mir leid«, stammelte Jason.

»Was tut dir leid? Dass du jetzt weinst oder dass du gestern diese Rede gehalten hast?«

»Alles tut mir leid.«

»Ich verstehe nicht, was das *alles* sein soll«, meldete ich mich zu Wort. »Warum denkst du eigentlich, du bist ein Mädchen? Du hast doch einen Pimmel. Ich weiß es ganz genau. Ich habe ihn gesehen!«

»Sam!«, rief Mum. »Keine Pimmel am Frühstückstisch.«

»Entschuldigung«, sagte ich. »Aber er hat einen.«

»Deine Mutter will nur sagen, dass wir uns um diese Uhrzeit lieber nicht über Pimmel unterhalten wollen«, warf Dad ein.

»Ah – okay«, sagte ich. »Wann können wir dann über Pimmel reden?«

»Gar nicht«, sagte Mum.

»Warum nicht?«

»Weil sie eklig sind.«

»Aha!«, brummelte Dad. »Das erklärt einiges.«

»Pimmel sind überhaupt nicht eklig«, protestierte mein Bruder Jason. »Sag so was nicht, das beeinflusst Sam negativ.«

»Sagt der Junge, der so tun will, als hätte er keinen«, zeterte Mum.

»Ich tu doch gar nicht so, als hätte ich keinen! Ich weiß, ich hab einen. Ich habe nur das Gefühl, dass —«

»Jetzt geht es schon wieder los!«, schrie Mum, so laut, wie ich sie noch nie hatte schreien hören. »Wir reden immer noch über Pimmel, obwohl ich klar und deutlich gesagt habe, dass ich das nicht will. Ehrlich, wenn ich noch ein einziges Wort zu diesem Thema höre —«

In dem Moment klopfte es an der Küchentür, und Bradley steckte den Kopf herein. »Tut mir leid, dass ich störe, Frau Ministerin«, sagte er. »Aber wenn wir pünktlich in der Kabinettsitzung sein wollen, müssen wir sofort aufbrechen. Sie wissen ja, wie der Verkehr um diese Zeit aussieht.«

»Stimmt.« Mum erhob sich seufzend. »Wir reden heute Abend weiter, wenn ich nach Hause komme«, fügte sie noch hinzu und nahm auf dem Weg zur Tür schnell noch ihre rote Box fürs Parlament mit. »Und wenn ich sage, wir reden weiter, wenn ich nach Hause komme, meine ich eigentlich: Wir werden nie im Leben wieder darüber reden, verstanden?«

Was mir, wie so viele Dinge, die in den letzten vierundzwanzig Stunden passiert waren, total unlogisch vorkam.

Vielleicht hat mein Bruder Jason deswegen, weil keiner in der Familie mit ihm reden wollte, den Entschluss gefasst, sich einem anderen Menschen anzuvertrauen. Ein paar Wochen vergingen, und wir taten alle so, als wäre nichts gewesen. Wenn ich ins Zimmer kam, um Mum oder Dad irgendwas zu sagen, dann behaupteten sie immer, sie hätten leider gerade gar keine Zeit. Und obwohl ich unbedingt wissen wollte, was sie dachten, fürchtete ich mich davor, das Thema anzusprechen, weil ich ja, genau wie sie, nicht glauben konnte, dass es tatsächlich stimmte. Wenn wir es angesprochen hätten, wäre es uns irgendwie realer vorgekommen, und ich glaube, dazu waren wir alle noch nicht fähig.

Mein Bruder Jason war natürlich noch verschlossener als vorher und verbrachte die meiste Zeit allein in seinem Zimmer, aber vielleicht hätten wir trotzdem auf den Gedanken kommen können, dass er mit seiner Freundin Penny Wilson darüber redete. Penny war das hübscheste Mädchen, das ich je gesehen hatte. Sie sah aus wie eins der Models in Mums *Vogue*, vor allem das Mädchen auf Seite 126 in der Ausgabe vom Juni 2017, für mich das tollste Heft aller Zeiten. Es lag immer ganz oben in meiner Spezialbox, die hinten in meinem

Schrank stand. Penny war zwar superhübsch, aber leider nicht immer besonders nett.

Penny und mein Bruder Jason gingen erst seit ein paar Monaten miteinander, aber seither hatte Penny ziemlich viel Zeit bei uns verbracht. Am Anfang konnte ich es gar nicht leiden, wenn sie vorbeikam, teilweise, weil sie uns Brüder voneinander trennte, aber hauptsächlich deswegen, weil mich ihre Gegenwart immer so verlegen machte. Das erste Mal habe ich sie an dem Nachmittag gesehen, als sie und mein Bruder Jason auf dem Bett knutschten, und meine deutlichste Erinnerung an diese Situation ist nicht, wie mein Bruder mich mit seinem Tennisschläger aus dem Zimmer jagte, sondern dass sie die Bluse aufgeknöpft hatte und ich ihren pinken BH sehen konnte und ihren hellen, glatten Bauch. Dieses Bild hatte sich in mein Gedächtnis gebrannt, verwirrend, erregend und gefährlich, alles gleichzeitig. Ich wollte auch mit ihr auf dem Bett liegen und ihre Haut berühren, genau wie mein Bruder Jason. Wochenlang dachte ich an sie, und dann begann ich, von ihr zu träumen. Das Allerschlimmste war, dass sie mich immer wie ein kleines Kind behandelte, mir die Haare verwuschelte, wenn sie mich sah, und sagte, wenn ich mal richtig *erwachsen* sei, würde ich garantiert ein großer Herzensbrecher.

Penny Wilson war also die Person, die mein Bruder Jason als Nächste in sein Geheimnis einweihte, und obwohl ich davon überzeugt bin, dass sie genauso schockiert war wie wir, versprach sie, es nicht weiterzusagen. Ein paar Tage später schickte sie ihm allerdings eine Nachricht, in der sie ihm mitteilte, sie sei jetzt nicht mehr seine Freundin, sondern mit Jack Savonarola zusammen, dem halbitalienischen Torwart der Fußballmannschaft, von dem alle Mädchen sagten, er habe so verträumte Augen. Außerdem schrieb sie noch, sie werde immer für ihn da sein, wenn er sie brauche.

Das mit Penny war also noch eine Sache, die meinen Bruder Jason stresste, aber so sehr ich es mir wünschte, ich fand immer noch keinen Weg, mit ihm darüber zu reden.

Die Schule fing wieder an, und alles verfiel in die gewohnte Alltagsroutine. Ich dachte schon, das Geheimnis meines Bruders Jason sei in Sicherheit, aber genau in dem Moment sorgte mein Erzfeind David Fugue für eine Überraschung.

Alle in meiner Klasse wussten, dass Mr. Lowry auf die Königsfamilie der Tudors fixiert war. Egal, worüber wir diskutierten, irgendwie schaffte er es immer, das Gespräch auf die Tudors zu lenken. Er war wie besessen von ihnen.

»Die Sache ist die – die Zeit der Tudors ist eine der spannendsten Epochen in der Geschichte der Britischen Inseln«, verkündete er an dem Tag, als endlich sein Traum in Erfüllung ging und wir im Lehrplan den

Punkt erreicht hatten, an dem wir uns offiziell mit ihnen beschäftigen mussten. »So viel Dramatik, so viele Intrigen. Und obwohl es nur fünf Monarchen aus dem Hause Tudor gibt, hat ihr Ruhm die Jahrhunderte überdauert. Wir haben hierzulande bisher nur sechs weibliche Herrscher vorzuweisen, und zwei von ihnen waren Tudors. Und was für Persönlichkeiten diese Monarchen waren, jeder Einzelne von ihnen! Der kriegerische Heinrich der Siebte, der von den walisischen Bergen aus den Thron forderte und bei der Schlacht von Bosworth den Thronräuber Richard den Dritten ins Jenseits beförderte. Und die außergewöhnliche Geschichte von Heinrich dem Achten und seinen sechs Ehefrauen – der Thronerbe, der mit so edlen Absichten antrat und sich dann zum Tyrannen entwickelte. Dann die drei Kinder, die ihm nachfolgten – der einzige Monarch, der jemals drei Herrscher hervorbrachte. Und ihr wisst vielleicht, dass in fast allen Romanen, die englische Autoren in den vergangenen zehn Jahren verfasst haben, die Tudors im Vordergrund stehen. Es gibt eine geradezu endlose Reihe literarischer Werke über sie! Aber die faszinierendste Gestalt ist für mich natürlich Königin Elizabeth die Erste. Wisst ihr, warum?«

Wir starrten ihn schweigend an. Wir hatten keine Ahnung. Und es war uns, ehrlich gesagt, total egal.

»Weil sie das Frauenbild komplett verändert hat«, erklärte er. »Sie hat der ganzen Welt bewiesen, dass Frauen herrschen können – aber mehr als das: dass sie sogar erfolgreich herrschen können. Als König hat ihr Vater sich die meiste Zeit mit dem Zwang herumgequält, einen männlichen Thronfolger hinterlassen zu müssen. Solche Überlegungen waren Elizabeth völlig fremd. Sie lebte ausschließlich in der Gegenwart. Was nach ihr kommen würde, interessierte sie nicht im Geringsten.«

»Wollte sie keinen Ehemann?«, rief jemand aus der hintersten Reihe.

»Und damit das Risiko eingehen, von einem Mann dominiert zu werden?«, fragte Mr. Lowry zurück. »Nein! Und ihr könnt mir glauben, damals wäre genau das passiert. Ihr Ehemann hätte den Thron besetzt, und Elizabeth hätte in der Geschichte einen untergeordneten Platz eingenommen. Nein, sie hat sich entschieden, niemals zu heiraten. Sie hat sich selbst weder als König noch als Königin gesehen, sondern einfach als Souverän, als Oberhaupt. Weder Mann noch Frau. Vollkommen ohne Geschlecht.«

»So ähnlich wie Jason Waver«, verkündete David Fugue aus heiterem Himmel. Ich blickte hoch. Hatte ich richtig gehört?

»Was war das, David?«, fragte Mr. Lowry verdutzt.

»Ich habe gesagt, das klingt so ähnlich wie Jason Waver, Sams Bruder. Weder Mann noch Frau. Völlig ohne Geschlecht.«

Die ganze Klasse schaute mich fragend an, und ich

spürte, wie mein Herz anfing zu rasen und mein Gesicht feuerrot wurde. Meine Unsichtbarkeit schwand dahin.

»Ich habe nicht den blassesten Schimmer, was du meinst«, sagte Mr. Lowry kopfschüttelnd. »Ich spreche von Königin Elizabeth der Ersten, und du redest über —«

»Haben Sie es noch gar nicht gehört, Mr. Lowry?« David grinste wie eine Katze, die Sahne geschlabbert hat. »Anscheinend hat Sams Bruder beschlossen, dass er lieber ein Mädchen sein will.«

Nun schauten meine Mitschüler einander verwundert an, mit offenem Mund. Noch nicht ganz sicher, was sich da abspielte, aber doch schon überzeugt, dass es etwas Aufregendes sein musste: Hier zeichnete sich ein massiver Skandal ab.

»Er will ein Mädchen sein?«, fragte Mr. Lowry und schaute mich an. »Tut mir leid, aber ich verstehe nicht ganz, was —«

»Aber Mr. Lowry!« David verdrehte wieder mal die Augen und fuhr mit erhobener Stimme fort: »Die Sache ist doch sonnenklar! Sams Bruder ist eine Transe. Er hat zu Penny Wilson gesagt, dass er kein Junge ist und dass er glaubt, er ist ein Mädchen, das im Körper eines Jungen gefangen ist. Er ist der totale Freak.«

»So ein Quatsch!«, rief Adam Connors, der hinter mir saß. »Sams Bruder ist der beste Fußballer der ganzen Schule!«

»Na und?«, fragte David. »Was hat das mit irgendwas zu tun? Glaubst du etwa, das heißt, er kann keine Transe sein?«

»Ja, allerdings«, antwortete Adam. Jeder wusste, dass Adam der beste Fußballer unseres Jahrgangs war. Eine Attacke auf meinen Bruder war auch eine Attacke auf ihn.

»Okay, das reicht!«, rief Mr. Lowry. Dass er mal laut redete, kam absolut selten vor. Mit dem Tafelwischer haute er auf sein Pult, um für Ruhe zu sorgen.

Sofort waren alle still. Ich merkte, dass David Fugue mich angrinste. Er war stolz darauf, für so viel Trubel gesorgt zu haben. Ich vermied es, ihn anzusehen, und schaute mich im Klassenzimmer um. Da stellte ich fest, dass alle mich anglotzten und darauf warteten, dass ich etwas sagte. Aber was sollte ich sagen? Sie wussten Bescheid. Alle wussten jetzt Bescheid. Ich stand auf und rannte aus dem Zimmer. Dabei wäre ich fast über meine eigene Tasche gestolpert. Hinter mir hörte ich Gelächter. Ich raste zum Jungenklo, flüchtete mich in eine der Kabinen und verriegelte die Tür hinter mir – gerade noch rechtzeitig, denn eine Sekunde später kotzte ich schon mein ganzes Frühstück in die Kloschüssel.

In dem Moment war ich felsenfest überzeugt, dass mein Leben zu Ende war. Und schuld daran war mein Bruder Jason.

3

Im Lake District

Dann kamen die Herbstferien, was bedeutete, wir hatten eine ganze Woche schulfrei. Für mich war es eine Riesenerleichterung, dass ich mit dem ganzen Klatsch und Tratsch nichts mehr zu tun hatte. Bestimmt war es für meinen Bruder Jason mindestens genauso eine Befreiung. Er lief nämlich dauernd mit gesenktem Kopf herum und verbrachte mehr Zeit allein in seinem Zimmer als mit seinen Freunden. Gerüchte waren durch die Schule geflattert – wie Plastiktüten, die der Wind durch die Straßen treibt. Fast keiner redete mit mir, aber jedes Mal, wenn ich einen Raum betrat, hörte ich, wie die anderen hinter meinem Rücken tuschelten und kicherten. Jemand stopfte einen BH in mein Schließfach, und als ich ihn rausholte, um ihn in den Mülleimer zu werfen, kam zufällig einer der Hausmeister vorbei und sagte, ich sei ein widerlicher Nichtsnutz, der sich an Mädchenklamotten aufgeilt, und man müsste mich einsperren.

»Hast du das Teil von einer Wäscheleine geklaut, hä?«, fragte er und spuckte mir praktisch ins Gesicht.

»Zu meiner Zeit hätte man so was nicht geduldet. Man sollte die allgemeine Wehrpflicht wieder einführen – das sage ich ja schon immer.«

Jemand anderes stellte ein Make-up-Täschchen an meinen Platz, und als ich es in die Hand nahm, fiel der Puder heraus und verteilte sich auf meinem Pullover, und alle sagten, ich hätte auf der Toilette Mascara aufgetragen. Ich erklärte, Mascara nehme man für die Augen, und das Zeug hier sei eindeutig Rouge, also für die Wangen. Damit lieferte ich den anderen natürlich eine Steilvorlage, und ich bereute sofort, was ich gesagt hatte, denn alle lachten sich kaputt. Und als ich auf die Jungentoilette ging, sagten die Schüler, die am Pissoir standen, ich sei pervers und wolle nur ihre Pimmel studieren. Was absolut absurd war, denn:

Fünf Gründe, warum das absolut absurd war
1. Ich bin nicht schwul.
2. Mein Bruder Jason ist nicht schwul.
3. Nur weil mein Bruder Jason denkt, er ist meine Schwester, ist er noch lange nicht schwul.
4. Selbst wenn mein Bruder Jason schwul wäre, was er nicht ist, würde das nicht bedeuten, dass ich schwul bin.
5. Und wenn das alles nicht wahr wäre und mein Bruder Jason schwul wäre und ich ebenfalls, hätte ich trotzdem Besseres zu tun, als ihre

winzigen, schrumpeligen Pimmelchen anzuglotzen, die echt ziemlich jämmerlich waren.

In den letzten Monaten hatten wir zu Hause viel darüber geredet, ob wir in den Ferien wegfahren sollten, und das stellte sich als ein viel größeres Problem heraus, als man erwarten würde.

»Irgendwohin, wo's warm ist«, sagte mein Bruder Jason, der die Sonne mochte.

»Irgendwohin, wo's kalt ist«, sagte ich, weil ich die Sonne nicht mochte.

»Das Wetter ist unsere geringste Sorge«, sagte Mum.

»Ich hätte nichts dagegen, das Auto zu nehmen«, verkündete Dad und blätterte in dem Atlas, der aufgeschlagen auf dem Küchentisch lag. Er nahm die Brille ab und fuhr mit dem Finger die Autobahn entlang. »Die ganze Strecke von Calais nach Andorra. Wie lang fährt man da? Was haltet ihr von einem Wohnmobil? Die Vorstellung lockt mich schon immer.«

»Ich glaube, Frankreich ist keine besonders gute Idee«, sagte Mum. »Hierzulande ist die Stimmung zurzeit so oft gegen Europa, und die Parteimitglieder im Parlament denken dann womöglich, ich will mit meiner Frankreichreise ein politisches Statement abgeben. Wenn der Premierminister endlich abtritt, wollen wir meinen politischen Feinden doch nicht unnötig Munition liefern.«

»Du hast Feinde, Mum?«, fragte ich erschrocken.

»Ein paar. Nicht mehr als jeder andere in meiner Situation.«

»Heißt das, ganz Europa ist tabu?«, fragte Dad. »Der gesamte Kontinent?«

»Na ja, nicht unbedingt«, antwortete Mum. »Wir müssen nur sorgfältig auswählen, das ist alles. Entscheidend ist, dass ich Europa einerseits entschieden unterstütze, aber andererseits gleichzeitig gegen alles bin, wofür Europa steht.«

»Ich würde gern nach Prag fahren«, sagte mein Bruder Jason. »In letzter Zeit habe ich viel Kafka gelesen, und in Prag gibt es ein Kafka-Museum.«

»Ist die tschechische Republik in der EU?«, fragte Mum.

»Ich glaube, ja.«

»Hmmm.«

»Wie wär's mit Italien?«, fragte Dad. »Die *David*-Statue ... die *Mona Lisa* ...«

»Die *Mona Lisa* hängt in Paris«, sagte ich.

»Italien ist außerdem viel zu instabil«, sagte Mum seufzend. »In Italien gibt es dauernd Wahlen, und das ist so ziemlich das Letzte, was ich brauche.«

»Griechenland?«

»Stimmt – ich wollte schon immer nach Athen!« Sie klang ein bisschen fröhlicher. »Aber was für eine Botschaft sende ich damit? Dass ich den Griechen meine

Unterstützung anbiete, während sie sich dem europäischen Sparprogramm widersetzen?«

»Aber vielleicht kriegen wir einen billigen Flug«, sagte ich.

»Das ist doch Unsinn«, verkündete Mum mit erhobener Stimme, als würde sie eine Rede vor dem Unterhaus halten. Ich hätte fast wie im Parlament gerufen: *Ordnung! Ordnung! Die ehrenwerte Abgeordnete wird gehört!* »Ich habe nichts gegen Griechenland, und ihr wisst alle, ich bin ein großer Fan von Feta-Käse und Oliven, aber ich finde trotzdem, es gibt zu viele Variablen. Die Welt ist so groß – fällt uns denn nichts ein, was in jeder Hinsicht passt?«

»Irland wäre nicht übel«, schlug ich vor.

»Na ja, also jetzt bist du absichtlich das Gegenteil von hilfreich.« Mum verzog das Gesicht. »Man wird mir unterstellen, dass ich mich für eine weiche Grenze einsetze. Ehrlich, Sam, wenn du nicht bereit bist, dieses Gespräch ernst zu nehmen, dann gehst du vielleicht lieber zum Spielen nach draußen.«

»Ich soll *zum Spielen nach draußen* gehen?«, wiederholte ich ungläubig. Dachte sie, ich sei fünf Jahre alt?

»Australien?«, schlug Dad vor.

»Zu weit weg. Schon der Flug würde mich umbringen.«

»Japan?«

»Du weißt doch, ich hasse chinesisches Essen.«

»Ist dir schon mal aufgefallen, dass China und Japan zwei völlig verschiedene Länder sind?«, warf mein Bruder Jason ein.

»Wie wär's mit Amerika?«, fragte Dad. »Wenn wir nach Washington fliegen, können wir –«

»Bevor du jetzt irgendwelche grotesken Vorschläge machst«, sagte Mum, »solltest du bedenken, dass Präsidenten sich nur mit Premierministern treffen, nicht mit Mitgliedern eines ausländischen Kabinetts. Aber eventuell können wir ja ein paar gute Fotos für die sozialen Medien machen, die den Eindruck erwecken, als hätten wir mit wichtigen Personen gesprochen.«

»Gibt es in Washington ein *Disneyland*?«, wollte ich wissen.

»Ja, nur heißt es dort das Weiße Haus.«

»Gibt es dort überhaupt irgendwas für Sam und mich?«, fragte mein Bruder Jason gereizt.

»Ihr könnt zum Beispiel ein bisschen Zeit mit eurer Familie verbringen, wie findest du das?«, sagte Mum. »Ich muss schon sagen, Jungs – euer Vater und ich, wir kümmern uns das ganze Jahr um euch, und wenn wir einen Familienurlaub planen wollen, für uns alle gemeinsam, quengelt ihr nur rum. Ich weiß ehrlich nicht, warum wir uns die Mühe machen.«

Letzten Endes stiegen wir in kein Flugzeug, sondern fuhren für ein paar Tage mit dem Auto zum Lake District, wo wir lange Wanderungen machten, und Mum setzte sich auf irgendwelche Felsen, wo Dad sie fotografierte, wie sie *Ausgewählte Gedichte* von William Wordsworth las und in die Ferne blickte, als wüsste sie nicht so recht, wer sie ist und was sie dort macht. Aber wenn wir abends ins Hotel zurückkamen, hatten wir immer miesen Empfang, und das WLAN funktionierte nicht, weshalb Dad die Fotos nicht posten konnte, und weil die Dusche tropfte, bekam er Krach mit dem Manager und verkündete, das gesamte Unternehmen sei reine Zeitverschwendung.

Die Ferien liefen von Anfang an nicht gut. Wir redeten so gut wie nie über das, was mein Bruder Jason uns vor ein paar Monaten eröffnet hatte. Es wunderte mich nicht, dass Mum und Dad sich weigerten, das Problem anzusprechen, aber ich hätte gern gewusst, wann und ob mein Bruder Jason darüber reden wollte. Wir vermieden das heikle Thema, aber es war trotzdem dauernd gegenwärtig, wie ein unsichtbarer Elefant, der riesig im Zimmer herumsteht, nur dass der Elefant sich auch im Auto zwischen uns quetschte und permanent hinter uns hertrottete, wenn wir wandern gingen, und wenn wir uns zum Essen hinsetzten, holte er sich einen Extrastuhl. Wir klammerten uns die ganze Zeit an unverfängliche und harmlose Themen, und ich schwankte zwischen verlegener Frustration und unterdrückter Panik. Einmal fragte mich Dad beim Abendessen ganz nebenbei, ob ich weiß, was ich machen will, wenn ich groß bin, eine Frage, mit der er eine fast zehnminütige Stille beendete, und ich schrie sofort los: »Ja, klar! Feuerwehrmann! Nein, Arzt! Nein, Bibliothekar! Nein, Teppichleger! Oder Maler und Dekorateur! Oder ich könnte natürlich auch in einem Zoo arbeiten! Andererseits – vielleicht werde ich Tierarzt! Oder Feuerwehrmann! Aber das habe ich schon gesagt, oder?« Ich drehte total durch und zählte sämtliche Berufe auf, die ich ausüben könnte, und als ich mich endlich wieder beruhigte, starrten mich die anderen an, als wäre ich komplett übergeschnappt. Es war ein Gefühl, wie wenn sie mich dabei ertappt hätten, dass ich wieder meine Ed-Sheeran-CDs hörte.

»Na ja, es ist auf alle Fälle gut, wenn man sich viele Möglichkeiten offenhält«, murmelte Dad und trank einen Schluck von seinem Bier. Eigentlich mochte er Bier gar nicht besonders, aber er fand immer, er sah dadurch auf den Fotos aus wie ein Mann aus dem Volk.

An unserem letzten Abend wurde Mum von einer Frau angesprochen, die auch in unserem Hotel wohnte. Sie war zwischen sechzig und siebzig und hatte hoch aufgetürmte Haare, die so unnatürlich blau waren, dass ich sofort an Marge Simpson denken musste.

Sie kam zu uns an den Tisch. »Ich hoffe, ich störe nicht«, sagte sie und streckte Mum die Hand hin. »Sie sind doch die, für die ich Sie halte, oder?«

»Kommt drauf an, für wen Sie mich halten«, entgegnete Mum.

»Die Ministerin – Deborah Waver, stimmt's?«

Mum nickte lächelnd.

»Ich muss mich bei Ihnen bedanken«, fuhr die Dame fort. »Weil Sie uns helfen, da rauszukommen. Sie sind noch zu jung, um sich zu erinnern, aber ich habe schon protestiert, als Ted Heath uns damals in die europäische Gemeinschaft geführt hat. Ich hätte nämlich gern gewusst, warum wir uns an einen Haufen von zweitklassigen Ländern binden sollen, die zum Frühstück merkwürdige Würste verspeisen und ständig Krieg miteinander führen. Und die meisten sprechen noch nicht mal Englisch, guter Gott! Seit vierzig Jahren schlagen wir uns nun mit denen herum, aber jetzt ist dieser Albtraum endlich vorüber. Das verdanken wir Menschen wie Ihnen!«

Mum verzog das Gesicht und setzte sich anders hin. »Ich weiß nicht, ob ich unsere europäischen Partner so beschreiben würde«, sagte sie. »Wir wollen selbstverständlich auch weiterhin mit ihnen zusammenarbeiten und –«

»Ja, den Schaden haben sowieso die anderen, und das wissen sie auch«, verkündete Marge Simpson. »Alle wollen auf Augenhöhe mit uns sein. Wie hat Cecil Rhodes es ausgedrückt? *Wenn man die Menschen fragt, welche Nationalität sie haben möchten, antworten neunundneunzig von hundert, sie wären am liebsten Engländer.* Damit hat er genau ins Schwarze getroffen. Und wenn der Premierminister endlich abtritt, dann müssen Sie sich um die Spitzenposition bemühen. Unbedingt! Sie sind genau die Politikerin, die wir jetzt brauchen. Eine Frau, die sich gegen diese Ausländer behaupten kann.«

»Im Moment ist die Stelle ja noch besetzt«, sagte Mum. »Deshalb mache ich gar keine Pläne. Jetzt geht es vor allem darum, die britischen Interessen zu schützen und gleichzeitig –«

»Aber das ist doch sonnenklar!« Mit einer geringschätzigen Handbewegung wischte die Frau diese Selbstverständlichkeiten beiseite. »Sie sind hier nicht in der Sendung *Was nun?*, meine Liebe – das Blablabla können wir uns sparen. Wir wissen beide, wo Sie stehen. Ich muss sagen, das Viertel, in dem ich wohne, hat sich in den letzten Jahren völlig verändert. Meine Nachbarn – direkt nebenan! – sind Pakistanis. Können Sie sich so was vorstellen? Irgendwo aus der Gegend von Delhi, behaupten sie. Oder war es Seoul? Ist ja auch egal. Die nördliche Insel, so viel weiß ich noch. Und heutzutage kann man nicht über die Straße gehen, ohne irgendeinem kleinen Schwuli zu begegnen, Hand in Hand mit seinem Freund. Was sagt eigentlich die Queen zu so was? Das wüsste ich gern. Diese hübschen jungen Männer, mit denen sie sich im Buckingham-Palast umgibt – Lakaien und Kammerdiener und so weiter –, sind da auch Tunten dabei? Nie im Leben! Ich persönlich habe selbstverständlich keine Vorurteile, niemand hat weniger Vorurteile als ich, in meinem Auto habe ich sogar eine CD mit den Hits von Elton John, aber ich begreife einfach nicht, warum diese Leute ausgerechnet in einem Viertel wohnen wollen, in das sie beim besten Willen nicht passen. Sie wären doch im Ausland wesentlich glücklicher, da bin ich mir sicher. Wir würden ihnen letzten Endes sogar einen Gefallen tun.«

Meine Eltern tauschten unbehagliche Blicke. Ich merkte, wie Mum zu einer von ihrer Partei gebilligten Stellungnahme ansetzte, als mein Bruder Jason sich zu Wort meldete.

»Was wäre, wenn diese Menschen *Sie* nicht dahaben wollen?«, fragte er.

»Wie bitte?« Die Frau drehte sich zu ihm. Bis jetzt hatte sie ihn gar nicht beachtet.

»Ich habe gefragt, was wäre, wenn diese Menschen *Sie* nicht dahaben wollen?«, wiederholte er. »Nicht, weil sie Vorurteile haben, natürlich nicht, sondern weil es ihnen nicht gefällt, neben Leuten zu wohnen, die sich einbilden, sie können bestimmen, wer wo wohnen darf?«

»Jason, bitte, hör auf«, sagte Mum.

»Ist das Ihr Sohn?«, wollte Marge Simpson wissen.

»Ja, aber er weiß nicht, was er sagt.«

»Warum hat er so eine komische Frisur? Er sieht ja aus wie Twiggy in ihrer Glanzzeit.«

»Ich weiß ganz genau, was ich sage!«, protestierte mein Bruder Jason. »Ich lese Zeitung, ich sehe die Nachrichten. Ich verbringe die Hälfte meiner Zeit im Internet. Und außerdem ist meine Mutter Ministerin. Ich glaube, ich habe ziemlich viel Ahnung davon, was auf der Welt abgeht.«

»Jason!«, rief Dad warnend.

»Was?« Jason schien erstaunt.

»Hör bitte auf.«

»Der Schal, den Sie da um den Hals tragen, junger Mann«, sagte die Frau, beugte sich vor und studierte den Schal mit zusammengekniffenen Augen. »Der ist doch für Mädchen, nicht für Jungen. Meine Enkelin hat genau den gleichen. Und wenn ich das mal sagen darf – Sie sehen damit sehr feminin aus.«

»Vielen Dank.«

»Was soll das? Wofür bedankt sich dieser Junge bei mir?« Empört blickte die Frau von einem zum andern. »Das sollte kein Kompliment sein. Ist er vielleicht ein bisschen gestört? Hat er psychische Probleme?«

»Nein, nein, alles bestens«, sagte Mum. »Er ist in der Pubertät, sonst nichts. Deshalb ist er ein bisschen durcheinander.«

»Oh«, sagte die Frau mit herablassender Miene. »Na ja, Pubertierende sind ganz spezielle Wesen.«

»Vor allem die aus Pakistan«, sagte mein Bruder Jason. »Und die Tunten. Übrigens – die Historiker sind sich ziemlich einig, dass Cecil Rhodes schwul war, wussten Sie das? Sein Geliebter ist in seinen Armen gestorben, und Cecil war nach seinem Tod untröstlich. Außerdem hat er an die Überlegenheit der Weißen geglaubt und war sowieso durch und durch ein Rassist.«

»Sie müssen erst mal Manieren lernen, junger Mann!« Jetzt keifte die Frau regelrecht und zeigte mit ihrem krummen Zeigefinger auf Jason.

»Ich würde sagen, von uns beiden bin ich derjenige mit den guten Manieren!«, erwiderte er. »Sie sind nichts anderes als eine ignorante Heuchlerin mit einer Frisur wie Marge Simpson.«

»An Marge Simpson habe ich auch gleich gedacht!«, rief ich. Ich freute mich richtig, dass ihm die Ähnlichkeit auch aufgefallen war.

»Ich muss schon sagen!« Marge Simpson wich einen Schritt zurück und tat fürchterlich gekränkt. »Ich bin nicht an Ihren Tisch gekommen, um mich beleidigen zu lassen.«

»Sag jetzt bitte nichts, Sam!«, warnte mich Dad, weil er mir ansah, dass ich kurz davor war, einen meiner Lieblingswitze zu machen.

»Ich möchte nicht länger stören«, sagte die Dame nun, an meine Mutter gewandt. »Offensichtlich haben Sie selbst genug Probleme, meine Liebe. Ich wollte mich nur bei Ihnen bedanken, mehr nicht. Und wenn der Premierminister geht, können Sie auf meine Unterstützung zählen, uneingeschränkt. Auf meinen bescheidenen Beitrag können Sie zählen. Sofern es Ihnen gelingt, vorher Ihre Familie wieder in den Griff zu bekommen.«

»Vielen Dank«, sagte Mum. »Und ich muss mich für meinen Sohn entschuldigen.«

Die Frau schnaubte leise, warf, sichtlich angewidert, einen letzten Blick auf meinen Bruder Jason und zog sich dann in die andere Hälfte des Raums zurück.

»Entschuldige dich nie wieder für mich!«, sagte mein Bruder Jason zu Mum, ganz leise, aber seine Stimme klang wie Donnergrollen.

»Doch, wenn du –«

»Willst du unbedingt unsere Ferien ruinieren?«, knurrte Dad und musterte ihn wütend.

»Ich habe doch nur –«

»Wenn du es nicht schaffst, zu den Leuten höflich zu sein, hältst du am besten den Mund.«

»Heißt das, ich soll still sein?«, fragte er. »Ich darf nicht mehr meine Meinung sagen?«

»Unter den gegebenen Umständen wäre das vermutlich das Beste«, sagte Dad. »Und nimm gefälligst diesen lächerlichen Schal ab und frisier deine Haare nicht zu so einem idiotischen Pferdeschwanz. Und der bekloppte Pony muss verschwinden und dieser fransige Stufenschnitt, mit dem du aussiehst wie Rachel aus *Friends*. Hast du eine Ahnung, wie peinlich das ist, wenn man neben dir sitzt, und du hast dich so aufgebrezelt?«

Mein Bruder Jason und ich hatten ein gemeinsames Zimmer, und als wir an diesem Abend nach oben gingen, war die Stimmung zwischen uns ziemlich angespannt. Diese Anspannung hatte ich schon am ersten Abend gespürt, aber mit jedem Tag war sie stärker geworden. Vor seiner großen Offenbarung hätte ich sehr gern ein Zimmer mit ihm geteilt, so wie früher, als ich noch klein war, aber jetzt war ich ganz nervös und fühlte mich nicht wohl. Er schlüpfte ganz selbstverständlich in seinen Schlafanzug, während er gleichzeitig durch die Fernsehprogramme zappte, wohingegen ich meine Sachen mit ins Bad nahm und mich dort auszog, und als ich wieder rauskam, vermied ich es, zu ihm hinüberzuschauen.

Als ich dann ins Bett kletterte, sah ich, dass er seine Haare endlich nicht mehr zu einem Pferdeschwanz frisiert hatte, sondern sie offen auf die Schultern fallen ließ, und dass der Schal, der beim Abendessen für so viel Stress gesorgt hatte, jetzt über der Stuhllehne hing. Sein blaues Haargummi lag auf der Kommode. Was würde er denken, wenn er morgen früh aufwachte – und die Sachen waren verschwunden? Er wüsste natürlich sofort, dass ich sie genommen hatte. Aber wenn nur ein Teil fehlte, dachte er vielleicht, er hätte es verlegt. Was war schlimmer, der Schal oder das Haargummi? Der Schal, entschied ich. Ja, ganz eindeutig der Schal.

»Sam?«

Ich schaute zum anderen Bett hinüber. Mein Bruder Jason wollte offensichtlich etwas von mir.

»Was ist los?«, fragte er. »Du bist wie in einer Traumwelt.«

Ich schüttelte den Kopf. »Entschuldige«, sagte ich. »Ich habe nachgedacht.«

Er drehte sich auf die Seite, stützte den Kopf in die Hand und fixierte mich mit seinem Blick.

»Worüber?«

Ich überlegte, ob ich ihn fragen sollte oder nicht, und kam zu dem Schluss, wenn ich es nicht jetzt tat, würde ich ihn nie fragen. »Über die Schule«, sagte ich.

»Und?«

»Und über den ganzen Tratsch.«

»Was genau?«

»Ist das alles für dich gar nicht schrecklich?«

Er seufzte und zögerte kurz, bevor er antwortete. »Ich versuche, das Gequatsche zu ignorieren«, sagte er. »Die meisten von meinen Freunden sind okay. Manche wissen nicht recht, was sie sagen sollen. Aber bis jetzt hat keiner mich gemobbt oder so.«

Ich lachte bitter. »Natürlich nicht.«

»Wie meinst du das?«

»Na ja, du bist du, oder? Wenn ich mit einem neuen Pickel in die Schule komme, fällt die ganze Klasse über mich her. Du kannst sagen, du bist … du bist …«

»Transgender.«

»Ja. Und —«

»Sprich's aus, Sam. Das Wort verbrennt dir nicht den Mund.«

»Du kannst den Leuten so was sagen«, fuhr ich fort, ohne auf seinen Einwand einzugehen. »Und keiner mobbt dich. Weil du so beliebt bist, schon immer! Für Leute wie dich ist alles leicht.«

Jetzt war er dran, bitter zu lachen. »Du glaubst wirklich, es ist leicht?«, erwiderte er. »Die anderen sagen mir vielleicht keine Gemeinheiten ins Gesicht, aber ich weiß doch auch, was sie hinter meinem Rücken reden. Sogar meine besten Freunde haben Angst, sie könnten was Falsches sagen. Hast du mitbekommen, dass ich in letzter Zeit zu vielen Partys nicht eingeladen worden bin?«

Ich schüttelte den Kopf. Das hatte ich nicht gewusst.

»Vor ein paar Monaten hätte ich noch ganz oben auf der Liste gestanden. Und jetzt erfahre ich erst am Montagmorgen davon. Glaub mir, Sam, ich bekomme andere Reaktionen als du, aber einfacher ist das auch nicht.«

Ich sagte nichts und ließ das erst mal auf mich wirken. Aber ich dachte trotzdem immer noch, dass es leichter sein musste, wenn man nicht direkt verspottet wurde.

Mein Bruder Jason musterte mich. »Kann ich dich was fragen?«

»Ja, von mir aus.«

»Wie kommt es, dass du so wenig Freunde hast?«

»Was?« Ich schaute ihn verdutzt an.

»Du bringst nie Leute mit nach Hause. Du gehst nie zu Geburtstagspartys. Du erzählst nie was von den Typen in deiner Klasse. Ich wundere mich schon eine ganze Weile darüber, aber ich war mir nicht sicher, ob ich dich fragen kann.«

Ich schaute weg, zum Schrank, zu den Vorhängen, zum Spiegel, alles nur, um seinem Blick auszuweichen. »Ich hab doch Freunde«, sagte ich schließlich.

»Ich wollte dich nicht ärgern.«

»Ich weiß.«

»Ich mache mir nur Sorgen um dich, das ist alles.«

»Ich habe Freunde«, wiederholte ich.

»Liegt es daran, dass du nicht so gut lesen kannst?«

Ich zuckte die Achseln, zog meine Hände unter der Bettdecke vor und studierte meine Finger. Ich musste mich um meine Nägel kümmern, aber ich hatte keinen Nagelknipser in die Ferien mitgenommen. »Die anderen denken, ich bin dumm«, sagte ich. »Sie sagen gemeine Sachen zu mir.«

»So verhalten sich Leute, wenn sie nichts kapieren.«

»Und weil du so gut bist in Sport und ich so schlecht, machen sie sich über mich lustig.«

Eine ganze Weile schwieg er, dann machte er zu meiner großen Überraschung folgenden Vorschlag:

»Wollen wir die Minibar plündern?«

Ich schaute ihn fragend an, weil ich nicht wusste, ob ich ihn richtig verstanden hatte.

»Die Minibar!«, wiederholte er, sprang aus dem Bett und öffnete den Kühlschrank unter dem Fernseher. Darin befanden sich lauter kleine Flaschen und Dosen.

»Was hättest du gern? Es gibt Cola, Fanta, Sprite –«

»Kriegen wir da keinen Ärger?«

»Und wenn schon. Wenn sie nicht wollen, dass wir uns bedienen, müssen sie ein Schloss anbringen. Hier!« Er warf mir eine Dose Fanta zu, ich öffnete sie vorsichtig und hielt sie dabei über den Zwischenraum zwischen unseren Betten, falls sie übersprudelte. Jason nahm sich ein Bier und kletterte zurück in sein Bett, schlürfte den Schaum ab und leckte sich die Lippen. Eigentlich durfte er kein Bier trinken, weil er erst siebzehn war, aber ich wusste, dass es ihm schmeckte. Manchmal, wenn er von einem Abend mit seinen Freunden nach Hause kam, war er total gickelig. Mum schimpfte dann und sagte, er rieche wie eine ganze Brauerei, und am nächsten Tag lag er endlos lang im Bett und knurrte mich an, wenn ich auch nur in seine Nähe kam.

»Okay, Sam«, begann er. »Stell dir vor, es ist zehn Jahre später. Du bist dreiundzwanzig. Wo siehst du dich?«

Ich überlegte. »Ich bin zu Hause ausgezogen.«

»Gut. Und weiter?«

»Ich habe ein riesengroßes Haus. So was wie 'ne Villa.«

»Ja, klar.«

»Weil ich superreich bin.«

»Logisch. Aber was machst du?«

»Ich brettere in meinem Sportwagen über die Autobahn, mit offenem Verdeck und die Musik ganz laut.«

»Ed Sheeran?«

»Halt die Klappe!«

»Und wie hast du das ganze Geld verdient?«

Ich überlegte kurz. »Ich habe im Lotto gewonnen.«

»Du Glückspilz. Hast du mir was abgegeben?«

»Ein bisschen. Aber nicht zu viel. Ich will dich nicht verwöhnen.«

Mein Bruder Jason lachte. »Okay. Jetzt mal ernsthaft, zurück ins wirkliche Leben – wo siehst du dich selbst in zehn Jahren?«

Ich zuckte die Achseln. »Keine Ahnung. Findest du, ich müsste das wissen?«

»Nein.« Er hob das zusätzliche Kissen auf, das er vorhin auf den Boden geschleudert hatte, und stopfte es sich in den Rücken. »Es gibt keinen Grund, warum du jetzt schon irgendwas wissen musst.«

»Als du so alt warst wie ich – hast du da gewusst, was du später machen willst?«

»Ein paar Sachen schon.«

Ich biss mir auf die Unterlippe. Mir war sonnenklar, wohin das führen würde, aber wollte ich wirklich darüber reden? »Okay«, sagte ich. »Was ist mit dir? In zehn Jahren bist du siebenundzwanzig. Wo bist du da?«

»Aaah.« Er grinste und kippte einen kräftigen Schluck Bier hinunter. »Also erstens bin ich ein berühmter Schriftsteller, ein Superstar.«

»Genial.«

»Und jedes Buch von mir verkauft sich eine Million Mal und gewinnt lauter Preise.«

»Selbstverständlich.«

»Und ich habe eine wunderschöne Freundin, die mich liebt, und ich liebe sie auch, und sie ist so sexbesessen, dass sie zehnmal am Tag mit mir schlafen will.«

Ich kicherte, ohne recht zu wissen, warum.

»Was ist?«, fragte er, weil er merkte, dass meine Stimmung gekippt war.

»Nichts.«

»Von wegen *nichts*. Irgendwas ist doch! Spuck's aus.«

»Na ja, es ist nur ... Bist du dir sicher, dass du nicht lieber einen Freund möchtest als eine Freundin?«

»Warum soll ich einen Freund wollen?«

»Keine Ahnung«, murmelte ich.

»Dir ist klar, dass ich nicht schwul bin, oder?« Er klang jetzt ein bisschen ungeduldig. »Ich meine – das wäre nicht schlimm, und ich würde es dir sofort sagen. Aber ich bin nicht schwul.«

»Vielleicht weißt du ja gar nicht genau, ob du schwul bist oder nicht.«

»Aber es gibt eine Sache, die ich genau weiß, und zwar, dass du eine Spezialbox mit Schloss hinten in deinem Schrank hast, und in dieser Kiste sind lauter alte *Vogue*-Hefte von Mum, und die Hefte mit der Unterwäsche liegen immer ganz oben.«

»Oh.« Ich wurde feuerrot.

»Keine Sorge – mir ist das egal«, sagte er und lachte. »Es muss dir nicht peinlich sein, du lieber Gott. Ist doch nichts dabei.«

»Es ist mir nicht peinlich«, sagte ich.

»Na ja. Wenn ich auf deinem Gesicht ein Ei aufschlagen würde, hätten wir innerhalb von fünf Sekunden ein Spiegelei. Ich habe auch solche Zeitschriften. Und ich weiß, du weißt das, weil du doch auch immer in meinem Zimmer herumschnüffelst. Und was hast du da gesehen? In den Zeitschriften in meinem Zimmer, meine ich.«

»Mädchen.«

»Genau. Mädchen. Hast du irgendwelche Jungs gesehen?«

»Manchmal schon. Aber immer zusammen mit Mädchen. Also – wie sie was mit denen machen.«

»Ich kaufe die Hefte nicht wegen der Jungs«, sagte er. »Überhaupt kaufe ich sie nur, weil Mum und Dad die Kindersicherung immer noch in unseren Computern lassen.«

»Ich weiß«, sagte ich. »Saudoof.«

»Aber du siehst – ich bin nicht schwul.«

»Okay.«

»Echt nicht!«

»Ich glaub's dir ja!«, rief ich, allmählich genervt. »Aber wenn du denkst, du bist eigentlich ein Mädchen, dann müsstest du doch eigentlich mit Jungs zusammen sein wollen, oder?«

»Nicht unbedingt«, sagte er. »Das ist alles ziemlich kompliziert.«

»Dann erklär's mir«, sagte ich und drehte mich zu ihm. »Ich kapiere das nicht. Sag du's mir.«

Seufzend lehnte er sich wieder zurück, leerte die Bierdose mit einem kräftigen Schluck und holte sich eine neue.

»Weißt du, was eine meiner ersten Erinnerungen ist?«, begann er. Ich schüttelte den Kopf. »Ich war drei und war gerade in den Kindergarten gekommen, in den wir gegangen sind, als wir noch klein waren – erinnerst du dich?«

»Ja, klar«, sagte ich. Ich war auch ein Jahr lang dort gewesen, ehe ich in die richtige Schule kam. Überall schreiende Kinder und mehr Lego, als ich vorher und nachher irgendwo gesehen habe. Das fand ich toll.

»Es war mein erster Tag«, fuhr er fort. »Ich habe mit einem Mädchen gespielt, das Amelia hieß, und mit einem Jungen namens Jack. Als Amelia gesagt hat, sie muss pinkeln, hat Jack sofort verkündet, er muss auch pinkeln, und natürlich habe ich auch gesagt, ich muss pinkeln. Und schon sind wir zu dritt zu den Toiletten spaziert. Es gab es zwei Klos, wie nicht anders zu erwarten, eins für Jungen und eins für Mädchen. Die Türen waren direkt nebeneinander. Jack ging durch die eine Tür und Amelia durch die andere. Und ich wollte hinter Amelia her. Sie fing an zu schreien – obwohl ich noch halb draußen war – und schubste mich weg. Die Erzieherin kam angerannt und hat zu mir gesagt, das ist die falsche Tür, ich muss zu den Jungen. Aber ich habe den Kopf geschüttelt und mich geweigert. Die Erzieherin konnte tun und machen, was sie wollte, ich habe darauf bestanden, ich gehe nicht zu den Jungs, sondern nur zu den Mädchen. Da würde ich hingehören. Vergiss nicht, ich war grade mal drei und hatte keine Ahnung von irgendwas. Es kam mir einfach richtig vor, zu den Mädchen zu gehen. Und weil die Erzieherin das nicht erlaubte, habe ich schließlich in die Hose gepinkelt, und alle Kinder haben gelacht und auf mich gezeigt. Aber das hat mich nicht groß gestört. Im Grunde hat ständig irgendein Kind sich wegen irgendwas nass gemacht, und am Ende des Tages sahen wir alle aus, als wären wir mit der *Titanic* untergegangen. Am nächsten Tag mussten Mum und Dad in den Kindergarten kommen, und sie haben dann zu Hause mit mir geschimpft. Von da an musste ich immer aufs Jungenklo, aber es hat sich für mich nie richtig angefühlt, bis zum heutigen Tag.«

»Du gehst immer auf die Toilette für Behinderte«,

murmelte ich. Das fiel mir schon seit ein paar Jahren auf, aber ich hatte noch nie darüber nachgedacht. Ich hatte immer angenommen, er sei irgendwie gehemmt.

»Stimmt«, sagte er. »Ich kann ja schlecht das Mädchenklo benutzen. Aber es ist mir nicht angenehm, zu den Jungen zu gehen.«

»Ist das alles?«, fragte ich. So ganz leuchtete mir das als Begründung nicht ein. »Deshalb denkst du, dass du ein Mädchen bist?«

»Nein, natürlich nicht. Es ist nur das Erste, woran ich mich erinnere, mehr nicht. Aber irgendwie setzt sich mein ganzes Leben aus solchen Momenten zusammen. Dass ich mir zu Weihnachten eine Puppe wünsche, und man erklärt mir: *Nein, nein, du bekommst eine Knallpistole oder ein Computerspiel.* Oder wir gehen Klamotten kaufen für mich, und ich habe das Gefühl, ich bin in der falschen Abteilung und werde von einem Magneten ins nächste Stockwerk gezogen. Du kannst dich wahrscheinlich nicht daran erinnern, aber als ich zwölf wurde, hatte ich eine Geburtstagsparty, und zum ersten Mal wollte ich keinen einzigen Jungen einladen, sondern *nur* Mädchen. Das war so eine Phase, in der ich Jungs nicht ausstehen konnte. Und Dad hat immer *Casanova* zu mir gesagt, aber er hat ja nichts kapiert. Bei allen Kindern in meinem Alter hat sich der Körper verändert, und ich habe immer gedacht, ich gehöre zu den Mädchen, nicht zu den Jungen. Leuchtet dir das irgendwie ein?«

Ich sagte nichts.

»Denk mal nach, Sam«, sagte er. »Du bist jetzt dreizehn. Wenn vier Leute aus deiner Klasse zu uns kämen und den Nachmittag mit dir in deinem Zimmer rumhängen würden, mit wem würdest du dich wohler fühlen? Mit vier Jungen oder vier Mädchen?«

»Mit vier Jungen.«

»Aber trotzdem findest du es toll, Bilder von Mädchen anzuschauen, die fast nichts anhaben. So ist das bei den meisten Jungen in deinem Alter. Aber ich war schon immer anders. Ich wollte mit Mädchen zusammen sein *und* Bilder von Mädchen anschauen.«

»Heißt das, du bist *doch* nicht hetero?«

»Aber ich hab dir doch schon gesagt –«

»Nein, ich meine, wenn du denkst, du bist eigentlich ein Mädchen, aber du magst Mädchen, dann heißt das doch, du bist nicht hetero, sondern ein Mädchen, das Mädchen mag.«

»Ja, irgendwie schon«, sagte er nachdenklich. »Keine Ahnung. An dem Punkt wird alles so kompliziert, das muss ich erst noch rausfinden. So ganz genau weiß ich es selbst noch nicht, Sam. Ich bin gerade mal siebzehn. Ich muss das erst noch selbst verstehen. Es ist echt schwierig.«

»Und was ist mit Fußball?«

»Ich finde Fußball einfach toll!«, sagte er. »Und ich bin gut. Viele Mädchen spielen gut Fußball.«

»Die Sache ist die«, sagte ich nach einer Pause. »Für mich war es ganz schrecklich, als du gesagt hast, du bist nicht mein Bruder.«

»Vielleicht habe ich mich blöd ausgedrückt«, sagte er. »Eins weiß ich jedenfalls ganz sicher: Du bist *mein* Bruder. Und du wirst immer mein Bruder sein.«

»Aber du bist doch ein *Junge!*«, beharrte ich.

»Wenn du mir noch mal sagst, dass ich einen Pimmel habe, dann fange ich an, mich zu fragen, wer hier schwul ist.«

Die ganze Angelegenheit wurde zu verworren für mich, und ich war absolut unfähig, Witze darüber zu machen, also ging ich ins Bad und starrte auf mein Gesicht im Spiegel. Ich war ein Junge, oder? Ich berührte meine Wangen, mein Kinn. Ich fuhr über meine Oberlippe, ob ich eine Spur von Flaum entdecken konnte, worauf ich inzwischen jeden Tag hoffte. Ich schaute in meine Schlafanzughose. *Ich war ein Junge!* Aber wenn mein Bruder Jason sich auf einmal so veränderte, war das dann auch bei mir möglich? Ich wollte das nicht!

Es klopfte an der Tür.

»Sam?«, fragte er. »Sam, ist alles okay?«

»Ja, alles okay.«

»Dann komm raus.«

»Ich bin auf dem Klo.«

»Du bist nicht auf dem Klo, du bist im Klo! Komm raus. Bitte.«

Ich zögerte kurz, dann schloss ich die Tür auf, flitzte ins Bett und zog die Decke bis ans Kinn.

»Okay.« Mein Bruder Jason seufzte, ging langsam zu seinem Bett zurück und legte sich hin. »Sag mir, wovor du am meisten Angst hast.«

Ich schluckte. »Was ist, wenn mir das auch passiert?«

»Wie meinst du das?«

»Ich meine – was ist, wenn ich eines Tages aufwache und denke, ich bin ein Mädchen?«

Er schüttelte lachend den Kopf. »Glaub mir, das passiert nicht.«

»Woher willst du das wissen?«

»Ich weiß es eben.«

»Ich will nämlich kein Mädchen sein!«, stieß ich hervor. Tränen stiegen mir in die Augen. »Ich hasse Mädchen!«

»Nein, du hasst sie nicht.«

»Wahrscheinlich hast du recht – aber ich will trotzdem kein Mädchen sein. Mädchen ziehen sich blöd an und benutzen Parfüm und tanzen die ganze Zeit und verdrehen wegen allem und jedem die Augen, sie sind gemein und unterhalten sich über Justin Bieber und –«

»Mensch, Sam!«, rief er ärgerlich. »Mädchen haben ein bisschen mehr drauf. Sei doch kein Vollidiot.«

»Wie bitte?«

Er seufzte wieder. »Ganz ehrlich, Sam, du musst dir keine Gedanken machen. Wenn ich irgendwas mit

Sicherheit sagen kann, dann das: dass wir zwei in dieser Hinsicht komplett verschieden sind. Du bist ein Junge, und du wirst auch immer einer sein.«

»Ich bin müde«, sagte ich. »Ich muss jetzt schlafen. Können wir aufhören? Ich habe keine Lust, noch länger darüber zu reden.«

»Aber – mich hasst du nicht, oder?«

»Natürlich hasse ich dich nicht«, sagte ich. »Ich möchte nur, dass es dir besser geht. Sonst nichts.«

»*Dass es mir besser geht?*« Er setzte sich auf und schaute mich fassungslos an. Hatte ich etwas Falsches gesagt?

»Ja, klar. Was stört dich daran?«

»Das heißt, du denkst, ich bin irgendwie krank! Meinst du, ich habe eine Krankheit oder was?«

Ich schwieg. Ich wusste, was ich sagen müsste und was er gern hören wollte, aber das war mir egal. »Na ja – Mum und Dad sagen das.« Schon während ich den Satz aussprach, merkte ich, wie unfair es war, unseren Eltern die Verantwortung zuzuschieben.

»Okay«, sagte er nach einer Weile. »Schade, dass du so denkst.«

»Knipst du das Licht aus?« Ich drehte mich zur Wand.

»Noch nicht gleich«, sagte er. »Mach einfach die Augen zu, wenn du müde bist. Du schläfst bestimmt gleich ein.«

Ich tat, was er gesagt hatte, und schloss die Augen.

Nach ein paar Minuten begann ich, anders zu atmen, damit es so klang, als wäre ich eingeschlafen. Aber wenn man so tut, als würde man schlafen, kann man sich leider nicht mehr umdrehen, auch wenn man hört, dass jemand aufsteht und eine Bierdose öffnet und dann noch eine und noch eine und sich schließlich ins Bett fallen lässt und Geräusche macht, als würde er weinen – nein, da muss man warten, bis derjenige endlich selbst eingeschlafen ist. Erst dann kann man aufstehen und das Licht ausmachen. Und man hat keine Möglichkeit mehr zu sagen, wie leid es einem tut.

4

GOLDFISCHE UND KÄNGURUS

Mein Erzfeind, David Fugue, langweilte gerade die gesamte Klasse zu Tode: Er berichtete über ein Wochenende, das die Cousine des Nachbarn der Schwester des Geschäftspartners seines Vaters kürzlich mit Harry und Meghan verbracht hatte – aber dann klopfte es an der Tür, und Mrs. Flynn, die Schulsekretärin, trat in unser Klassenzimmer.

»Entschuldigen Sie die Störung, Mr. Lowry«, sagte sie und blickte sich um. »Aber Sam Waver soll bitte seine Sachen packen und mit mir nach unten kommen. Seine Eltern warten dort auf ihn.«

Diese überraschende Vorladung hatte den Effekt, dass meine Mitschüler anfingen zu pfeifen und wild durcheinanderzureden – jede Unterbrechung der Unterrichtsroutine wurde begeistert begrüßt, und man fragte sich laut, ob ich der Schule verwiesen oder verhaftet wurde oder ob mich jemand adoptieren wollte.

»Vielleicht muss er ja seinen ersten BH anprobieren«, rief David Fugue. Ich warf ihm einen wütenden Blick zu. »Oder trägst du einfach die BHs von deinem Bruder auf, wenn sie ihm zu klein geworden sind?«

»Halt die Klappe!«, fuhr ich ihn an.

»Oh! Vorsicht, er hat seine Periode!« David krümmte sich vor Lachen. Ich sprang auf und wollte mich mit geballten Fäusten auf ihn stürzen, aber Mr. Lowry warf sich noch rechtzeitig zwischen uns — worauf ich, ehrlich gesagt, gehofft hatte. Meine Tage der Unsichtbarkeit waren vorüber. Jetzt konnten mich alle sehen.

»Nimm deine Schultasche und deinen Mantel«, erklärte Mr. Lowry ruhig. »Und geh mit Mrs. Flynn nach unten.«

»Wart nur, Fugue!«, zischte ich noch und zeigte mit dem Finger auf ihn. »Wart nur!«

»Ach, ja? Was hast du vor? Willst du mich mit deinem Handtäschchen hauen?«

Mr. Lowry drehte sich blitzschnell zu ihm um. »Jetzt reicht's aber, David!«, rief er und funkelte ihn an. »Noch ein Wort und —«

»Ich hab doch gar nichts gesagt!« David hob beschwörend die Hände, als könnte er es nicht fassen, dass er so ungerecht beschuldigt wurde.

Ich nahm meine Sachen, ging zur Tür und folgte Mrs. Flynn den Gang hinunter. Mein Gesicht brannte, teils vor Verlegenheit, teils vor Wut, und hinter mir hörte ich das Gelächter. In letzter Zeit war ich eigentlich ganz gut zurechtgekommen in der Schule, ich stand zwar nicht ganz oben auf der Beliebtheitsliste, hatte aber auch keine ernsthaften Feinde, und nun war ich wieder für alle eine Witzfigur. Und konnte nichts dafür, überhaupt *gar nichts.*

Ich hatte keinen Schimmer, was los war, aber als ich unten ankam, wo Mum und Dad mich erwarteten, war ich gleich sauer, weil mein Bruder Jason seine langen Haare wieder zu einem Pferdeschwanz gebunden hatte, diesmal mit einem roten Haargummi, da das blaue im Urlaub auf rätselhafte Weise verschwunden war, zusammen mit dem Mädchenschal. Kurz fragte ich mich, ob wir beide von der Schule genommen und in eine andere geschickt wurden, in der uns keiner kannte. Hogwarts, vielleicht. Dort konnte ich ihn verzaubern, damit er wieder so war wie früher.

»Warum hast du so lang gebraucht?«, fragte Mum mit einem Blick auf ihre Uhr.

»Was ist eigentlich los?«, fragte ich meinerseits. Ich ärgerte mich über ihre Frage, denn ich war ja sofort gekommen, nachdem man mich alarmiert hatte. »Warum seid ihr hier?«

»Wir haben einen Termin«, erklärte Dad. »Wir alle zusammen.«

Drei Jungen aus der B-Mannschaft, die nicht gut genug waren, um in der A-Mannschaft Fußball zu spielen, kamen uns entgegen, und sobald sie uns sahen, fingen sie an zu kichern.

»Schwuchtel«, murmelte einer von ihnen – gerade so laut, dass wir es hören mussten.

Mrs. Flynn drehte sich zu ihm um. »Peter Hopkins, was war das?«, fragte sie, aber er zuckte nur die Achseln und ignorierte ihre Frage. Als Schulsekretärin konnte Mrs. Flynn keine Strafen verhängen, weshalb sie Mühe hatte, uns gegenüber die gleiche Autorität auszustrahlen wie die anderen Erwachsenen.

»Heißt das, hier weiß jeder Bescheid?«, fragte Mum, an meinen Bruder Jason gewandt.

»Bescheid worüber?«, fragte er zurück. »Er hat *Schwuchtel* gesagt, aber ich bin nicht schwul, deshalb weiß ich nicht, was du meinst, wenn du fragst, ob jeder hier Bescheid weiß.«

»Du weißt ganz genau, was ich meine«, sagte Mum. »Bitte, tu nicht so superschlau.«

»Wir befinden uns hier in einer Schule«, entgegnete mein Bruder Jason. »Da muss man superschlau sein.«

»Schluss jetzt!«, schimpfte Dad mit erhobener Stimme. »Hört auf, wir haben schon genug Zeit verplempert. Draußen wartet der Wagen.«

»Wohin gehen wir eigentlich?«, wollte ich wissen. Auf dem Weg zur Tür kam man an einer Serie von Fotos der Schul-Fußballmannschaften vorbei, die zurückgingen bis zu den Aufnahmen von vor dem Ersten

Weltkrieg, auf denen die Jungen gehetzte Gesichter mit dunklen, schwermütigen Augen hatten, als ahnten sie, dass ihr Leben bald zu Ende sein würde. Diese Bilder hatten mich schon immer fasziniert, sie machten mich richtig traurig. Aber auf dem allerletzten Foto saß mein Bruder Jason mitten in der vordersten Reihe.

Jemand hatte ihm mit rotem Filzstift ein Kleid gemalt.

Bradley hielt die hintere Tür des Dienstwagens auf, und Mum, Dad und ich kletterten auf den Rücksitz. Nach der Wahl vor zwei Jahren war Mum zur Ministerin ernannt worden, und seither war Bradley ihr Fahrer. Wenn sie gute Laune hatte, unterhielt sie sich angeregt mit ihm, als wären sie die besten Freunde, aber wenn sie schlecht drauf war, behandelte sie ihn wie Luft. Bradley war zwar immer höflich, aber ich hegte den Verdacht, dass er keine besonders hohe Meinung von Mum hatte. Am besten verstand er sich mit meinem Bruder Jason, weil sie beide Fußballfans waren, wenn auch auf verschiedenen Seiten des Londoner Grabens – Chelsea und Arsenal –, und wenn sie sich begegneten, konnten sie endlos darüber debattieren.

»Sie haben die Adresse, Bradley?«, fragte Mum und fing schon mal an, auf dem Telefon ihre E-Mails zu checken.

»Ja«, antwortete er. »In plus/minus zwanzig Minuten sind wir dort.«

»Bradley«, sagte Dad und beugte sich zwischen den Sitzen nach vorne. »Ich nehme an, ich muss Ihnen nicht sagen, dass es sich hier um eine diskrete —«

»Wir sind in zwanzig Minuten dort, Mr. Waver«, wiederholte Bradley und fädelte sich in den Verkehr ein. Dad blieb noch einen Moment vorgebeugt sitzen, dann lehnte er sich zurück und schaute aus dem Fenster.

»Kann mir bitte endlich jemand sagen, wohin wir fahren?«, fragte ich und schaute auf meine Uhr. Noch zwei Unterrichtsstunden bis Schulschluss, und ich hatte mich eigentlich auf Mathematik gefreut, weil der Lehrer heute den letzten Test zurückgeben wollte. Ich bin ziemlich gut in Mathe, weil da nicht so viele Wörter vorkommen, und hoffte auf eine Eins.

»Hast du gelesen, was Simon zu der Massierung von Atomsprengköpfen im russischen Küstengebiet sagt?«, murmelte Mum, während sie mit ihrer freien Hand über ihr iPad wischte.

»Ja, habe ich gesehen«, antwortete Dad. »Hat er den Text vorher mit dir abgesprochen?«

»Na ja, er hat ihn dem Büro geschickt, klar, aber ich würde nicht behaupten, dass er ihn mit mir *abgesprochen* hat. Ich glaube, er versucht, Rachel und Bobby aus der Reserve zu locken, damit er weiß, wo sie stehen. Joe war blitzschnell mit Gegenbeweisen zur Hand.«

»Fahren wir nach Hause?«, meldete ich mich wieder zu Wort. »Ist irgendwas passiert?«

»Joe versucht, allein vorzupreschen«, sagte Dad. »Er möchte wissen, ob er genug Unterstützung findet, wenn es so weit ist.«

»Und glaubst du, die findet er?«

»In ein paar Stunden wissen wir mehr.«

»Das nächste Jahr wird interessant«, sagte mein Bruder Jason zu Bradley. »Wenn Chelsea so weitermacht wie bisher, dann kriegen Sie die ganzen Championship-Stadien zu sehen, in denen Sie noch nie waren. Das ist bestimmt super.«

»Werd nicht frech!«, sagte Bradley lachend. »Du spekulierst wahrscheinlich auf einen soliden vierten Platz, wie immer? Ist doch praktisch, wenn man keine Ambitionen hat! Dadurch erspart man sich wenigstens die Enttäuschungen.«

»Das ist aber nicht die Strecke nach Hause«, sagte ich, als wir an der U-Bahnstation *Green Park* vorbeifuhren.

»Über die Gesundheitskrise steht wieder was auf Seite sieben im *Guardian*«, sagte Mum.

»Ich habe gerüchtemäßig gehört, dass der Lewis-Report nächsten Donnerstag rauskommt«, sagte Dad, holte sein eigenes Telefon aus der Tasche und überflog die Nachrichten.

Ich hörte auf, Fragen zu stellen – ich hätte ja genauso gut gar nicht mit im Auto sein können. In der Schule hatte ich meinen Mantel der Unsichtbarkeit mehr oder weniger abgelegt, aber bei meiner Familie hatte sich offenbar nichts geändert. Ich starrte aus dem Fenster, und immer, wenn wir an einer Ampel hielten, betrachtete ich die Mädchen. Der Dienstwagen hatte verdunkelte Scheiben, also konnte ich so viel glotzen, wie ich wollte, und die Mädchen merkten es gar nicht.

Dann fuhren wir durch einen Teil Londons, den ich überhaupt nicht kannte, und hielten schließlich vor einem hohen Backsteingebäude, das aussah, als stünde es seit Hunderten von Jahren dort.

»Wir sind da, Frau Ministerin«, verkündete Bradley. Mum und Dad seufzten beide tief, als sie sich losschnallten. Vielleicht hatten sie heimlich gehofft, wir würden unser Ziel nie erreichen. Wie ich, wenn ich zum Zahnarzt musste.

»Wir brauchen höchstens eine Stunde«, sagte Dad.

»Ich kann hier nicht parken«, erklärte Bradley. »Aber ich finde bestimmt was in der Nähe – rufen Sie mich an, wenn ich Sie abholen soll.«

»Können Sie nicht die Minister-Plakette ins Fenster legen und einfach stehen bleiben?«, fragte Mum.

»Das kann ich tun«, antwortete er bedächtig. »Wenn Sie das wünschen. Aber da wir nicht aus amtlichen Gründen hier sind, muss ich angeben, warum ich hier stehe – falls eine Politesse vorbeikommt. Ihre Entscheidung.«

Es entstand eine Pause, Mum und Dad schauten

einander unentschlossen an. »Am besten fahren Sie ein bisschen durch die Gegend«, sagte Dad schließlich. »Wir sehen Sie dann gegen vier Uhr.«

Mum, Dad und ich stiegen aus. Erst, als wir schon auf dem Gehweg standen, merkte ich, dass mein Bruder Jason immer noch im Auto saß. Er starrte vor sich hin und schien uns gar nicht zu beachten. Ich schaute mich um. Wo waren wir? Ich hatte keine Ahnung.

»Jason!« Mum klopfte an die Scheibe. »Komm schon.«

Er schwieg und starrte weiter vor sich hin.

»Jason!«, zischte sie. »Ich sag's nicht noch mal. Bradley, können Sie nichts tun?«, fragte sie unseren Fahrer genervt, aber dieser zuckte nur die Achseln.

»Ich habe keinen Schleudersitz«, sagte er. »Das hier ist kein verdammter *James-Bond*-Film.«

»Jason!«, schimpfte Dad und hämmerte so hektisch gegen das Autofenster, dass ich schon befürchtete, es könnte splittern, obwohl Bradley mir einmal erzählt hatte, die Scheiben seien aus kugelsicherem Glas. »Du steigst augenblicklich aus!«

Endlich schnallte mein Bruder Jason sich ab und öffnete die Tür.

»Okay«, sagte er. »Aber ich möchte noch was sagen, zum Mitschreiben: Ich will nicht da rein und tue es nur unter Protest.«

»Und ich sage, ebenfalls zum Mitschreiben«, verkündete Mum: »Das ist mir piepegal. Komm jetzt – man weiß nie, von wem man an so einem Ort beobachtet wird.«

Wir gingen die Stufen hinauf, und noch bevor Dad auf die Klingel drücken konnte, öffnete sich die Tür, und vor uns stand eine etwa sechzigjährige Frau mit grauen Haaren und einer dicken Brille. Sie sah aus wie die typische Oma in einer Cornflakes-Reklame.

»Frau Ministerin«, sagte sie lächelnd und streckte die Hand aus. »Treten Sie ein.«

»Bitte, nennen Sie mich einfach Mrs. Waver«, erwiderte Mum. Sie wollte ihren Titel nicht hören, auf den sie sonst doch so stolz war.

»Selbstverständlich«, sagte die Frau und schloss die Tür hinter uns.

»Ich muss sehr umsichtig sei, wissen Sie«, erklärte Mum. »Wenn dies an die Öffentlichkeit kommt –«

»Mrs. Waver, in der Hinsicht brauchen Sie sich wirklich keine Sorgen zu machen«, sagte die Frau und musterte meine Mutter mit einem Blick, der die Vermutung nahelegte, dass sie, selbst wenn sie früher mal für Mum gestimmt hatte, dies heute nicht mehr tun würde. »Niemand weiß, dass Sie hier sind, und niemand wird es je erfahren. Wir sind eine hochprofessionelle Institution, und ich kann Ihnen versichern, Sie sind nicht die einzige prominente Klientin, die durch diese Tür kommt, und Sie werden auch nicht die letzte sein.«

»Tatsächlich?«, fragte Dad. »Wer kommt denn sonst noch hierher? Irgendjemand aus der Welt der Politik?«

»Mr. Waver, das kann ich Ihnen nicht sagen.«

»Ach, uns schon. Wir erzählen es nicht weiter.«

Die Oma ignorierte ihn und ging voran. Wir folgten ihr einen Flur entlang, der mit dicken Teppichen ausgelegt war. An den Wänden hingen langweilige alte Gemälde von Hügeln und Bergen. Das Aroma von Duftkerzen waberte durch die Luft, begleitet von Panflötenmusik, wie im Aufzug eines Luxushotels.

»Wenn Sie bitte hier warten würden«, verkündete die Frau und öffnete die Tür zu einem großen Zimmer. »Der Doktor ist gleich bei Ihnen.«

Wir traten ein.

Ich ging zu einem Seitentisch, auf dem ein Fischglas stand, in welchem ein einsamer Goldfisch seine Kreise zog. Niemand hatte sich die Mühe gemacht, ein paar Steine oder Minibäumchen ins Wasser zu geben, damit er etwas anschauen konnte. Ich fand das ziemlich schäbig und trat ganz dicht an das Glas ran, um den Goldfisch zu studieren, aber er schien sich nicht für mich zu interessieren, sondern schwamm jetzt so hektisch seine Runden, dass man den Eindruck bekam, er befürchtete, zu spät zu einem Termin zu kommen.

»Kann man bei Goldfischen sehen, ob sie Jungen oder Mädchen sind?«, fragte ich und drehte mich zu meinen Eltern um.

»Soll das ein Witz sein?«, fragte Dad. »Ich habe keine Ahnung, wie man feststellt, ob Goldfische Jungen oder Mädchen sind.«

»Es ist kein Witz, sondern eine echte Frage«, sagte ich. »Weil Goldfische nämlich keine Pimmel haben.«

»Musst du dauernd über die Mädchen- und Jungenfrage reden?« Mum musterte mich verärgert. »Du bist ja regelrecht besessen davon.«

»Ist doch normal – in seinem Alter«, sagte Dad.

»Muss toll sein, ein normales Kind zu haben«, sagte mein Bruder Jason.

»Ach, fang bitte nicht damit an!« Meine Mutter war sichtlich genervt. »Oder warte wenigstens, bis wir reingehen. Dann kannst du an allem, was bei dir schiefgegangen ist, uns die Schuld zuschieben.«

»Ich wusste gar nicht, dass bei mir was schiefgegangen ist«, erwiderte er.

»Vielleicht haben die Fische einfach Sex miteinander und hoffen das Beste«, sagte ich. »Oder es ist ihnen total schnuppe, ob sie's mit einem Jungen oder mit einem Mädchen machen.«

»Bei den Hinterbänklern gibt's auch ein paar Exemplare von der Sorte«, murmelte Mum.

»Die Abstimmung ist auf halb acht verschoben worden«, verkündete Dad, dessen Telefon gerade *Pling!* gemacht hatte. »Wir haben also Spielraum.«

»Prima«, sagte Mum. »Ich möchte mich nämlich

gern ein bisschen in der Partei umhören, bevor ich mich festlege.«

»Die Jungen sind hinter den Mädchen her«, sagte mein Bruder Jason, an mich gewandt. »Sie wissen instinktiv, wer wer und was was ist. Sie boxen einfach mit denen zusammen, die ihnen gefallen. Und schon werden die Mädchen ganz wild und lassen ihre Eier fallen, und die Jungs befruchten sie.«

»Aha«, sagte ich. »Woher weißt du das?«

Er zuckte die Achseln. »Hab ich irgendwo gelesen.«

»Wo sind wir hier eigentlich?«, fragte ich. »Warum sind wir in einer Arztpraxis? Ist jemand krank?«

»Ich, vermutlich«, sagte mein Bruder Jason.

»Er ist nicht körperlich krank«, sagte Dad. »Aber er hat offenbar ... psychische Probleme. Wir haben gedacht, wir sollten als Familie mit jemandem reden, der uns helfen kann.«

»Aha«, sagte ich. »Dann sind wir also bei einem Psychiater?«

»Bei einem Psychologen«, korrigierte mich Mum.

»Was ist der Unterschied?«

Ehe sie antworten konnte, ging die Tür auf, und die Cornflakes-Oma streckte den Kopf herein.

»Entschuldigen Sie bitte, dass Sie warten mussten«, sagte sie. »Doktor Watson kann Sie jetzt empfangen.«

Ich musste lachen. »Doktor Watson?«

»Ja, genau«, sagte sie und drehte sich zu mir. Das Lächeln war von ihrem Gesicht verschwunden. »Dr. John Watson. Was ist daran so lustig?«

»Doktor *John* Watson?« Ich konnte mich kaum halten vor Lachen.

»Ja. Und das findest du lustig?«

»Äh ... Sie wissen doch ...« Ich merkte, dass ich rot wurde. »*Sherlock Holmes?* Dr. John Watson? Es ist nur ... Ich fand das irgendwie witzig, mehr nicht.«

»Ich verstehe nicht, warum.« Sie schien richtig eingeschnappt. »Dr. Watson gehört zu den größten Koryphäen auf seinem Gebiet. Du hast kein Recht, dich über ihn zu mokieren.«

»Okay«, sagte ich, entsprechend eingeschüchtert. »Tut mir leid.«

»Außerdem ist deine Hose offen. Vielleicht könntest du den Reißverschluss hochziehen.«

Ich schaute nach unten, und tatsächlich, es stimmte. War der Reißverschluss schon den ganzen Tag offen? Und wenn ja, warum hatte mir das keiner gesagt? Wieder kam es mir vor, als würde niemand merken, dass ich da war.

Wegen der Sendungen, die ich aus dem Fernsehen kannte, erwartete ich bei dem Namen Dr. Watson einen älteren Herr mit Sigmund-Freud-Bart und einer Tweed-Jacke, die an den Ellbogen Lederflicken hatte, und ein Sprechzimmer mit Büchern vom Boden bis zur Decke, in dem es aussah, als wäre seit dem Ende des neunzehnten Jahrhunderts nicht mehr Staub gewischt worden. Zu meiner Überraschung war Dr. Watson aber ziemlich jung, nicht älter als fünfunddreißig, und gekleidet, als wollte er sich gleich mit seinen Freunden im Pub treffen. Außerdem sah er aus wie der Sänger von Coldplay.

»Schön, Sie alle kennenzulernen«, sagte er und deutete auf ein Sofa und zwei Stühle, gegenüber von seinem eigenen. Mum und Dad setzten sich auf das Sofa, mein Bruder Jason und ich nahmen die Stühle. »Sie sind wahrscheinlich ein bisschen nervös bei der Vorstellung, mit einem Fremden über sehr persönliche Dinge zu reden, aber ich kann Sie beruhigen, hier ist ein sicherer Ort, in dem keine Urteile gefällt werden, und alles, was in diesen vier Wänden gesagt wird, bleibt absolut vertraulich.«

»Gut, dass Sie das Thema ansprechen«, sagte Dad, griff nach seiner Aktentasche und holte einen Ordner heraus, in dem sich ein sechs- oder siebenseitiges Dokument befand. »Ich habe nämlich etwas vorbereitet – wenn Sie das bitte für mich unterschreiben würden, ehe wir fortfahren. Dadurch sind wir alle rechtlich abgesichert – nur für den Fall, dass doch etwas nach draußen dringt. Absolut standardmäßig. Nichts Ungewöhnliches. Wenn Sie einfach jede Seite paraphieren, mit Ihren Initialen, da und da und da, und dann am Schluss noch Ihre Unterschrift. Außerdem muss ich ein Foto machen, während Sie unterschreiben.«

»Ich fürchte, das geht nicht«, erwiderte Dr. Watson und gab Dad den Ordner zurück, nachdem er ihn kurz durchgeblättert hatte. »Ich treffe keine juristischen Vereinbarungen mit Klienten. Wir müssen von einer Vertrauensbasis ausgehen, wenn wir erfolgreich arbeiten wollen. Und Sie wissen ja, dass ich durch den hippokratischen Eid gebunden bin, nicht wahr? Ich verliere meine Zulassung, wenn ich irgendetwas, worüber hier gesprochen wurde, weitergebe.«

»Das ist mir klar.« Dad klang wenig überzeugt. »Aber wir würden uns trotzdem sehr viel sicherer fühlen, wenn —«

»Alles gut«, beschwichtigte ihn Mum. »Dr. Watson ist Arzt. Selbstverständlich behandelt er die Sache vertraulich.«

»Hat Ihnen schon mal jemand gesagt, dass Sie total aussehen wie Chris Martin?«, fragte mein Bruder Jason, und Dr. Watson nickte.

»Ja, das höre ich öfter«, antwortete er. »Aber ich kann nicht singen.«

»Chris Martin auch nicht. Werden Sie versuchen, mich zu reparieren?«

Bei dem Wort *reparieren* malte er mit den Fingern Anführungszeichen in die Luft, genau wie Mum damals bei dem Wort *transgender*. Ich wollte das erwähnen, ließ es aber bleiben.

»Hörst du gern Musik, Jason?«, fragte Dr. Watson

nach einer kurzen Pause, in der ich ein Kichern unterdrücken musste, während mein Bruder grinste.

»Ach, geht es schon los?«, fragte er. »Sehr raffiniert.«

Dr. Watson schüttelte lachend den Kopf. »Nein, eigentlich geht es noch nicht los. Das war einfach nur eine Frage.« Er schaute von einem zum andern. »Also«, begann er und legte kurz die Handflächen aneinander. »Dann erzählen Sie mir doch, was Sie hierher führt.«

Es folgte ein längeres Schweigen. Mum und Dad sahen aus, als wüssten sie nicht recht, wie sie reagieren sollten, mein Bruder Jason verschränkte die Arme vor der Brust, und ich war sowieso komplett verunsichert.

Schließlich ergriff Mum das Wort.

»Wir haben ein kleines Problem, Dr. Watson. Unser Sohn Jason macht gerade eine Art Identitätskrise durch.«

Wieder schwiegen alle.

»Okay«, sagte Dr. Watson. »Und wie äußert sich diese Identitätskrise?«

»Er ist verrückt geworden!«, rief Dad.

Dr. Watson lächelte. »Vielleicht können wir die klinische Diagnose denjenigen überlassen, die für so was ein medizinisches Diplom haben«, sagte er. »Jason, sag du mir doch, was deine Eltern meinen.«

»Sie sehen es mir vermutlich an.«

»Wieso denkst du das?«

»Wegen meiner Frisur«, antwortete er. »Und weil ich Mascara benutze.«

»Das ist übrigens etwas Neues«, sagte Dad. »Das mit dem Make-up, meine ich. Damit hat er erst heute angefangen.«

»Ich habe Mascara aufgetragen, weil ich einen Termin habe«, erklärte mein Bruder Jason trotzig. »Ich habe auch geduscht und mich gekämmt.«

»Ja, das sehe ich. Aber ich fände es trotzdem gut, wenn du es mit Worten beschreiben würdest. Die Art, wie du dich präsentierst, ist für mich nebensächlich.«

»Okay.« Mein Bruder Jason schaute zum Fenster. Er brauchte lange, bis er antwortete, und als er endlich anfing, redete er leise und sehr bedächtig – ich wusste, dass er jedes Wort abwog. Er wollte genau wiedergeben, was er dachte. »Ich bin als Junge auf die Welt gekommen, aber seit ich denken kann, glaube ich, dass da irgendwo ein Fehler gemacht wurde. Von Gott oder von sonst wem. Es ist, als wäre der Körper, den ich habe, nicht der Körper, der für mich gedacht war. Ehrlich gesagt, ich glaube schon immer, ich bin eigentlich ein Mädchen. Dieses Gefühl habe ich die ganze Zeit unterdrückt, und bis vor kurzem habe ich auch nicht darüber geredet. Ich nehme an, ich hatte Angst, es anzusprechen. Weil ich Angst hatte, was das für Folgen haben könnte. Aber irgendwie ist die Panik verschwunden. Ich will verstehen, was los ist. Ich will herausfinden, wie ich das *Ich* sein kann, das ich in mir spüre, und wie ich mein Leben so leben kann, wie es für mich richtig ist. Im Moment ist es so, dass jeder Tag, den ich als Jason lebe, mir vorkommt wie vierundzwanzig Stunden Lüge. Und ich möchte kein verlogener Mensch sein.«

»Sehen Sie?« Dad warf verzweifelt die Hände in die Luft und tippte sich dann immer wieder mit dem Finger an die Schläfe, wie ein Specht, der einen Baum bearbeitet. »Plemplem! Vollkommen durchgeknallt!«

»Mr. und Mrs. Waver«, sagte der Arzt, »vielleicht ist es besser, wenn ich mit Jason allein spreche. Solche Bemerkungen sind wenig hilfreich.«

»Nein!«, protestierte Mum. »Nein, wir wollen dabei sein, das ist uns wichtig. Ich möchte verstehen, was los ist. Und das Gleiche gilt für meinen Mann. Er meint das nicht ernst, was er gerade gesagt hat. Entschuldige dich, Alan.«

»Tut mir leid«, sagte Dad, etwas geknickt.

»Es ist nur so, dass Jason freier sprechen kann, wenn —«

»Dr. Watson, nichts für ungut«, entgegnete Mum und schaute ihm direkt in die Augen. »Aber er ist unser Sohn. Und ganz egal, wie wir das alles finden — wir möchten daran teilhaben. Wir *müssen* daran teilhaben.«

Ich merkte, wie mein Bruder Jason sie anschaute. Der feindselige Ausdruck war von seinem Gesicht verschwunden. Er lächelte sogar ein bisschen, Mum ebenfalls, und man hätte denken können, gleich nimmt sie seine Hand, aber das tat sie dann doch nicht.

»Danke«, sagte er. »Mir ist das auch wichtig, dass ihr daran teilhabt. Deshalb habe ich es euch so früh erzählt. Ich kann das nicht ohne euch.«

»Aber es geht vor allem darum, dass du das Gefühl hast, du musst das tun«, sagte Mum leise. Sie sah aus, als würde sie mit den Tränen kämpfen.

»Jason«, sagte Dr. Watson nach einer längeren Pause. Sein Ton war genauso kontrolliert wie der meines Bruders. Ich mochte seine Stimme, sie hatte etwas Beruhigendes. »Du bist jetzt siebzehn, und du musst dich mit sehr ernsten Fragen auseinandersetzen. Ich denke, wir können uns alle darauf einigen – und ich würde annehmen, du stimmst mir da auch zu –, dass du einen gewissen Beistand brauchst, um weiterzukommen.«

»Ja, ich glaube, das stimmt«, sagte er.

»Kann es sein, dass hinter dem Ganzen ein Kindheitstrauma steckt?«, fragte Mum. »Wir hatten früher sehr viele Au-pairs, und vielleicht hat eine von ihnen … ich weiß auch nicht … also, vielleicht hat eine von ihnen was mit ihm *gemacht*. Und er hat das verdrängt. Möglicherweise kann man diese Erinnerung an die Oberfläche holen – zum Beispiel mit Hypnose? Und wenn alles aufgedeckt ist, dann verschwindet es, und wir können unser normales Leben weiterleben.«

»Gehen Sie oft ins Kino, Mrs. Waver?«, fragte Dr. Watson.

»Eigentlich nicht«, sagte Mum. Die Frage schien sie

zu überraschen. »Vor ein paar Monaten habe ich mir den Film über Winston Churchill angeschaut. Und den mit Meryl Streep als Mrs. Thatcher. Mein Job nimmt extrem viel Zeit in Anspruch, versteht sich, deshalb komme ich nicht mehr so häufig ins Kino. Warum fragen Sie?«

»Weil das, was Sie beschreiben, öfter in Filmen vorkommt, aber nur selten im wirklichen Leben«, antwortete er.

»Nun ja«, sagte Mum und schaute Dad an, als würde sie hoffen, dass er ihr beisprang. »Ich weiß nicht, ob das stimmt.«

»Die Sache ist die – Sie scheinen darauf fixiert zu sein, dass Jason wieder der Junge werden soll, der er war«, fuhr Dr. Watson fort. »Als wäre mit ihm etwas nicht in Ordnung, was wir korrigieren können. Aber wäre es nicht besser anzuerkennen, dass er weiß, was in ihm vorgeht, und dass er fühlt, es ist der richtige Weg für ihn?«

Lange antwortete Mum gar nichts, dann sagte sie ganz leise: »Kann sein.« Und fuhr dann fort: »Ich mache mir nur Sorgen, dass er ein furchtbar schwieriges Leben haben wird. Es gibt so viele Vorurteile auf der Welt. Ich will nicht, dass ihn nachts ein paar betrunkene Idioten zusammenschlagen, weil sie selbst völlig unsicher sind und es nicht schaffen, andere so sein zu lassen, wie sie wollen.«

»Selbstverständlich möchten Sie das nicht.«

»Ich bemühe mich, die beste Mutter zu sein, die ich sein kann.« Mums Stimme wurde wieder lauter. »Ich tue das, was richtig für ihn ist – meiner Ansicht nach. Vor allem will ich verhindern, dass er leidet. Sonst nichts.«

Niemand sagte etwas, wir ließen ihre Worte auf uns wirken. Ich glaube, der Arzt wollte, dass wir alle darüber nachdachten. Mum weinte ein bisschen, aber als Dad ihr ein Taschentuch geben wollte, wehrte sie ab und wischte ihre Tränen mit dem Handrücken weg. Dann schaute sie zum Fenster hinaus auf die Straße.

»Jason hat seine Haare erwähnt«, begann Dad zögernd. »Ich finde es ziemlich peinlich, wenn er sie zu einem Pferdeschwanz frisiert so wie jetzt. Er sieht dann total feminin aus.«

»Danke«, sagte mein Bruder Jason.

»Und Sie sehen ja, dass er Mascara verwendet. Was kommt als Nächstes? Lippenstift? Parfüm? High Heels und ein Cocktailkleid?«

Ich zuckte zusammen, weil mir der seltsame Nachmittag einfiel, als ich zu früh aus der Schule nach Hause gekommen war und mein Bruder Jason mich gezwungen hatte, runter in Mums Büro zu gehen, ohne vorher in die Küche zu kommen. Und später hatte ich das Parfüm gerochen und eine Spur von Lippenstift auf seinem Mund gesehen. Damals hatte ich gedacht, dass ein Mädchen im Haus gewesen sein musste. Aber jetzt war plötzlich alles klar. Er hatte gedacht, er würde das Haus ein paar Stunden für sich allein haben, und alles Mögliche ausprobiert.

»Die Leute starren ihn an«, fügte Mum hinzu, beugte sich vor und berührte den Arm des Arztes. »Und als Nächstes schauen sie zu uns, und ich weiß genau, was sie denken.«

»Was denken die Leute?«, fragte Dr. Watson.

»Sie denken: *Die Eltern sind schuld.*«

»Woran schuld?«

»Dass er so ist.«

»Und wie ist er, Ihrer Meinung nach?«

»Er ist ein anderer Mensch«, sagte Dad.

»Und ist das der entscheidende Faktor? Was die Leute denken?«

»Ja«, sagte Dad. »Das heißt, nein. Ach – keine Ahnung. So spontan fällt mir nie die richtige Antwort ein.«

»Mir geht es nicht um die *richtige* Antwort«, erwiderte Dr. Watson, und nun war er derjenige, der mit den Fingern Anführungszeichen in die Luft zeichnete. »Mir geht es um Ehrlichkeit.«

»Und genau darum bemühe ich mich ja. Möchte ich, dass mein Sohn gemobbt und drangsaliert wird? Nein, natürlich nicht. Meine Frau hat das ja schon angesprochen. Glaube ich, es fällt irgendwie auf mich zurück? Ich bin auch nur ein Mensch, und es wäre gelogen, wenn ich so tun würde, als wäre es anders. Können Sie mir nicht wenigstens zugestehen, meine eigenen Gefühle zu haben?«

»Sofern die Gefühle Sie selbst betreffen, jederzeit. Aber sind diese Gefühle jetzt gerade das Allerwichtigste?«

Dad schüttelte genervt den Kopf. Er hatte keine Lust, darüber nachzudenken. »Gibt es eventuell Antibiotika, die für unseren Sohn als Behandlung in Frage kommen? Wir haben uns auch gefragt, ob eine Elektroschocktherapie noch empfohlen wird und ob Sie glauben, dass man damit etwas bewirken kann. Wir sind für alles offen, selbst wenn es kleinere Unannehmlichkeiten mit sich bringt.«

Dr. Watson wandte sich an meinen Bruder. »Übrigens – wenn du mich fragst, mir gefällt deine Frisur. Du siehst ja, bei mir werden die Haare oben schon ein bisschen dünn, deshalb bin ich wahrscheinlich nur neidisch.«

»Bitte, ermutigen Sie ihn nicht«, sagte Mum etwas gereizt. »Ich weiß, Musiker denken, alles ist erlaubt ...«

»Aber ich bin kein Musiker«, sagte er. »In Wirklichkeit bin ich nicht Chris Martin.«

»Ich wollte sagen: Psychologen. Tut mir leid, aber die Ähnlichkeit ist schon frappierend. Also – ich weiß, *Psychologen* denken, alles ist erlaubt, aber ich glaube, es bringt nichts, wenn wir ihn ermutigen.«

»Aber ihr habt mich doch früher immer ermutigt«, sagte Jason. »Beim Fußball zu Beispiel.«

»Das ist was anderes.«

»Und ihr macht Sam bei seinen Leseschwierigkeiten Mut.«

»Das ist auch was anderes.«

»Ihr seid eigentlich viel ermutigender, als ihr euch eingesteht«, fuhr mein Bruder Jason fort, jetzt in etwas sanfterem Ton. »Ich weiß, ihr möchtet auf der Karriereleiter ganz nach oben, aber meistens seid ihr echt gute Eltern. Ihr lobt uns, wenn wir etwas gut machen, und ihr seid nicht sauer, wenn was danebengeht. Ihr hört uns immer zu, wenn wir was erzählen, und ihr habt uns nie geschlagen, höchstens Dad, der manchmal seine Zeitung aufrollt und uns damit auf den Kopf haut. Ist euch überhaupt klar, warum ich an dem Abend runtergekommen bin? Ich wollte mit euch reden, weil ich euch vertraue. Ich war mir sicher, dass ihr mich versteht und mir helft. Ihr seid hier nicht diejenigen, die Probleme haben, sondern ich habe Probleme!«

Ich schaute meine Eltern an, und wieder schwiegen alle. Mum musterte meinen Bruder Jason liebevoll, aber total verwirrt, und ein paar Sekunden später wischte sie sich wieder die Tränen weg. Dad nahm ihre Hand, den Kopf gesenkt, und begann nervös mit dem Fuß zu klopfen.

»Wir versuchen ja, dir zu helfen«, sagte Mum

schließlich. »Aber ist es denn so falsch, wenn wir nicht wollen, dass du dich in ein Mädchen verwandelst?«

»Ich verwandle mich nicht in ein Mädchen«, erwiderte er. »Ich *bin* ein Mädchen.«

»Stimmt doch gar nicht!«, protestierte Dad. »Du bist ein Junge. Und wir wollen nicht, dass du etwas tust, was eventuell negative Auswirkungen auf dein ganzes späteres Leben hat. Da draußen gibt es ganz schön gedankenlose Menschen.«

»Hier drin gibt es auch ein paar gedankenlose Menschen«, murmelte mein Bruder Jason.

»Das ist nicht fair!«, rief Mum und schaute ihn an. Ihre Augen waren jetzt ganz rot, und sie sah aus wie zu Zeiten ihres schlimmsten Heuschnupfens. »Wir geben uns Mühe. Kannst du nicht wenigstens das anerkennen?«

»Du sagst, du hast diese Gefühl schon immer«, sagte Dr. Watson, an meinen Bruder Jason gewandt. »Kannst du uns das ein bisschen genauer beschreiben?«

Wir schauten ihn alle an, und wieder brauchte er lange, bis er antwortete. »Als ich klein war«, begann er schließlich, »habe ich mich mehr für Mädchenspielzeug interessiert als für Jungenspielzeug. Zu Weihnachten habe ich mir ein Puppenhaus gewünscht, aber Mum und Dad waren dagegen.«

»Stimmt doch gar nicht«, sagte Mum und drehte sich weg.

»Doch, das stimmt«, entgegnete mein Bruder. »Ich habe wochenlang gebettelt, und ihr habt gesagt, wenn ich es noch einmal sage, bekomme ich überhaupt nichts, weil der Weihnachtsmann nicht zu Jungen kommt, die sich Mädchensachen wünschen. Ich glaube, da war ich ungefähr fünf.«

Wieder trat Stille ein. Mum und Dad musterten ihn mit verkniffenen Mienen, sagten aber nichts.

»Erzähl weiter«, sagte Dr. Watson.

»Sogar die Bücher, die ich lesen wollte, passten nicht. Ich wollte *Nancy Drew*, aber stattdessen habe ich die *Hardy Boys* bekommen. In der Schule war ich von Anfang an lieber mit Mädchen zusammen, ich habe mich in ihrer Gesellschaft sicherer gefühlt – als würde ich zu ihnen gehören. Aber ich konnte natürlich nicht immer bei ihnen sein. Ich musste zu den Jungs. Aber ich hatte nie das Gefühl, zu ihnen zu gehören.«

»Aber soviel ich weiß, bist du sehr sportlich. Du bist der Kapitän der Fußballmannschaft, stimmt's?«

»Ja, stimmt«, antwortete er. »Aber was hat das mit irgendwas zu tun?«

»Ich erwähne es nur, weil Fußball ja traditionell den Männern zugewiesen wird.«

»Genau wie die Politik. Aber schauen Sie sich Mum an. Soll sie vielleicht ihren Ehrgeiz bremsen, nur weil sie eine Frau ist? Natürlich nicht! Und sie ist Ministerin geworden und hat den Topjob im Auge.«

»Das stimmt so nicht«, sagte Mum schnell und schaute Dr. Watson an. »Der Job ist ja im Moment gar nicht zu haben, und man darf nie nur an die eigene Karriere denken, weil die Kollegen sonst –«

Mein Bruder Jason unterbrach sie. »Ich finde Fußball einfach super«, sagte er. »Und ich bin gut. Ich bin der Beste in meiner Klasse, das sagen alle. Ich habe keine Lust, mich dafür zu rechtfertigen.«

»Die Arsenal-Fußballschule wollte ihn haben«, berichtete Dad. »Aber er hat abgelehnt.«

»Ich konnte das nicht«, sagte mein Bruder Jason. Ich merkte, dass es ihm naheging, weil seine Stimme brüchig wurde und er den Blick auf den Boden heftete, statt uns anzusehen. »Die ganze Atmosphäre ... Ich hätte das nicht geschafft. Aber *sie* wollten, dass ich es mache – Mum und Dad, meine ich. Sie haben gesagt, das wäre gut für Mums Karriere, wenn ich Profi-Fußballer werde.«

»So wie du das sagst, klingt es, als hätten wir es nur unseretwegen gewollt«, sagte Mum. »Wir haben aber ausschließlich an dich gedacht. Profi-Fußballer verdienen massig Geld. Und du liebst den Fußball. Wir wollten dich in etwas bestätigen, was deine große Leidenschaft ist, und –«

Dr. Watson fiel ihr ins Wort. »Bitte, Mrs. Waver – lassen Sie Jason reden.«

»Ich hindere ihn doch nicht daran«, murrte sie. Sie klang wie ein Kind, das ausgeschimpft wurde.

»Jedenfalls gibt es kein Gesetz, das sagt, dass Mädchen nicht Fußball spielen können. Bei unseren Spielen kommen alle Mädchen und schauen zu. Und zum Beispiel in den USA spielen mehr Frauen Fußball als Männer. Fußball ist einfach die Sportart, die ich am liebsten habe, was ist daran falsch? Ich interessiere mich nicht für … keine Ahnung … für Netzball oder so was. Also für Sportarten, die man hauptsächlich mit Mädchen in Verbindung bringt. Und nur, weil ich spüre, dass ich ein Mädchen bin, muss ich noch lange nicht *alles* gut finden, was Mädchen gut finden, oder? Dad sieht zum Beispiel gern Turniertanz. Mum mag Dokus über Bauarbeiter. Ich finde, wir sollten es nicht so wichtig nehmen, dass ich Fußball mag. Das sind doch alles nur Genderstereotype.«

Mum verdrehte die Augen. »Den Ausdruck hat er garantiert aus dem Internet. Unser Sohn ist sehr modern, wie Sie merken.«

Dr. Watson nickte bedächtig. Dann lehnte er sich zurück und schaute in meine Richtung.

»In gewisser Weise wundere ich mich, dass Sie zu dem Termin heute Sam mitgebracht haben«, sagte er, an Mum und Dad gewandt.

»Wieso?«, fragte Mum. »Er gehört zur Familie.«

»Ja, es ist eine ausgezeichnete Entscheidung, klar«, erwiderte er. »Wir wollen nicht, dass Sam sich ausgeschlossen fühlt von den Veränderungen, die innerhalb der Familie stattfinden. Aber Sie haben Jason nicht gefragt, ob er Sam dabeihaben möchte?«

»Sie haben nicht mal mich gefragt, ob ich dabei sein will«, sagte mein Bruder Jason.

Dr. Watson überlegte und kritzelte etwas auf seinen Notizblock, ehe er sich an mich wandte. »Wie alt bist du, Sam?«

»Dreizehn«, antwortete ich.

»Und du verstehst, worüber wir reden? Was dein Bruder sagt? Die Dinge, die er empfindet?«

Ich nickte unverbindlich. »Ja. Irgendwie schon. Glaube ich jedenfalls. Na ja – nicht so ganz. Das heißt – nein.«

»Und wie fühlst du dich dabei?«

Eine ganze Weile sagte ich nichts. Ich wollte nichts Gemeines sagen, aber ich wollte auch nicht unehrlich sein.

»Wie fühlst du dich dabei, Sam?«, wiederholte er.

»Es gefällt mir nicht.«

»Warum nicht?«

»Weil er mein großer Bruder ist. Und jetzt sagt er, dass er meine große Schwester sein will. Ich will aber keine große Schwester.«

»Ja, wir sind sehr besorgt, welche Auswirkungen das alles auf Sam hat«, sagte Mum. »Was ist, wenn er eines Morgens aufwacht und verkündet, er will ... keine Ahnung ... er will ein Känguru sein oder was.«

»Ach, du lieber Gott!«, rief mein Bruder Jason. »Das ist ja wohl kaum das Gleiche. Ich möchte kein Känguru sein. Ich sage nur, ich weiß in meinem Inneren, dass ich ein Mädchen bin, sonst nichts! Und du vergleichst das damit, dass jemand ein Tier sein will? Merkst du eigentlich, wie sehr mich das –«

»Jason, sprich nicht in diesem Ton mit deiner Mutter!«, griff mein Vater ein.

»Ich vergleiche dich doch nicht mit einem Tier«, wehrte sich Mum. »Okay, das war ungeschickt ausgedrückt. Ich entschuldige mich. Aber du musst zugeben – wenn du sagst, du willst ein Mädchen sein, obwohl du doch ganz eindeutig ein Junge bist –«

»Er hat einen Pimmel.«

»... dann ist das doch absolut albern.«

»Ich habe euch gesagt, ich will hier nicht hin«, rief mein Bruder Jason wütend, stand auf und ging zur Tür. »Ihr hört mir gar nicht zu.«

»Ich glaube, sie hören dir durchaus zu«, sagte Dr. Watson. »Aber du musst ihnen auch zuhören und sie ausreden lassen.«

»Nein, sie beleidigen mich nur. Tut mir leid, Dr. Watson, aber ich muss gehen.«

»Vielleicht können wir wann anders weiterreden, Jason?«, schlug der Arzt vor. »Nur wir zwei? Das wäre doch okay, nicht wahr, Mrs. Waver? Mr. Waver?«

Mum und Dad nickten beide. »Selbstverständlich«,

sagte Mum. »Wenn das besser ist. Wir wollen ja nur helfen und begreifen und —«

Aber mein Bruder Jason hatte schon die Tür hinter sich zugeknallt.

Stumm saßen wir da, als er weg war. Ich schaute auf meine Uhr. Ich wollte nach Hause. Ich wollte auf meinem Bett liegen, die Augen zumachen und so tun, als würde das alles gar nicht passieren.

»Sie haben unsere Frage nach der Elektroschocktherapie noch nicht beantwortet«, sagte Dad endlich und schaute Dr. Watson fragend an. »Wird so was heute überhaupt noch gemacht?«

5

Der Pferdeschwanz

Letzten Endes spielte es dann gar keine Rolle, wie gern und wie gut mein Bruder Jason Fußball spielte, weil er nämlich von sich aus beschloss, die Mannschaft zu verlassen. Eines Abends kam Coach O'Brien, der Fußballtrainer, zu uns nach Hause. Er machte ein Gesicht, als würde er lieber ein tiefes Loch in die Erde graben und darin verschwinden, als mit uns das Gespräch zu führen, das er nun führen musste.

Ich konnte Coach O'Brien noch nie besonders gut leiden. Weil mein Bruder Jason so ein hervorragender Sportler war, hatte der Coach selbstverständlich erwartet, ich wäre ebenfalls gut, aber ich konnte nur mit Mühe gegen einen Ball treten, ohne umzufallen. Als ich jünger war und im Rahmen des Lehrplans gezwungenermaßen Fußball spielte, schrie er mich immer an, wenn ich was Blödes machte, und sagte Sachen wie: »Kann doch nicht wahr sein, dass Jason Waver einen Bruder hat, der so komplett unfähig ist wie du! Du kickst ja wie ein Mädchen, Sam – geh lieber nach Hause und spiel Kaffeekränzchen mit deinen Barbie-Puppen.« Was nun natürlich wie reine Ironie klang – hätte mein Bruder Jason recht, dann müsste ich ja, wenn ich wie ein Mädchen Fußball spielte, so gut sein wie er, also supergut.

Als der Coach in seinem Trainingsanzug bei uns im Wohnzimmer Platz nahm, merkte ich, wie meine Mutter prüfend auf seine Turnschuhe blickte – wahrscheinlich fürchtete sie, dass er jede Menge Dreck auf dem Teppich hinterließ. Dad bot ihm eine Tasse Tee an, Coach O'Brien lehnte dankend ab – falls aber Bier im Haus sei, sagte er, würde er gern eins trinken.

»Entschuldigen Sie bitte, dass ich unangemeldet hereinplatze«, begann er, nachdem er die Flasche mit einem einzigen Schluck zur Hälfte geleert hatte. »Aber – in der Schule geht zurzeit ein Gerücht um. Ein Gerücht über Jason, genauer gesagt. Und da habe ich gedacht, wir sollten darüber reden.«

»Was für ein Gerücht?«, fragte Mum, die an dem Tag früher als sonst nach Hause gekommen war und schlechter Laune war, weil der Premierminister in einem Interview verkündet hatte, er fühle sich nur halb so alt wie er sei und habe so viel Energie, dass er garantiert noch ewig weitermachen könne.

»Na ja ... eben ein Gerücht. Aber wenn das Gerücht stimmt, dann besteht Handlungsbedarf. Ich weiß, es bringt nichts, auf Klatsch und Tratsch zu hören, aber andererseits –«

»Ich bin Politikerin, Mr. O'Brien«, sagte Mum mit einem geduldigen Lächeln. »Da habe ich den ganzen Tag mit Gerüchten zu tun. Erzählen Sie uns doch einfach, was Sie gehört haben, und dann sehen wir weiter.«

»Es ist sicher großer Quatsch«, sagte er und schaute zu meinem Bruder Jason, der am Tisch saß, die Haare wie immer zu einem Pferdeschwanz frisiert. Außerdem hatte er ein neues Hemd an, das eher nach *Topshop* aussah als nach *Topman.* »Es ist so – wissen Sie, ich bin schon immer ein großer Fan von Jason. Er ist der beste Fußballer, den wir haben. Der beste seit Jahren, wenn Sie mich fragen. Und deswegen ist er auch schon immer einer der beliebtesten Jungen der Schule.«

»Entschuldigen Sie bitte«, unterbrach ihn Mum. »Meinen Sie, er ist beliebt, weil er ein guter Fußballspieler ist, oder er ist beliebt und spielt außerdem noch sehr gut Fußball?«

Diese Frage brachte Coach O'Brien ganz aus dem Konzept. »Tut mir leid, aber ich verstehe nicht ganz – was ist da der Unterschied?«

»Nicht so wichtig. Reden Sie einfach weiter.«

»Die Sache ist die – ich befürchte, dass zwischen Jason und ein paar Mitspielern etwas vorgefallen ist. Irgendeine Streitigkeit. Sie wissen ja, wie das ist in der Schule – die ganze Zeit gibt es Gerüchte, und die meisten sind kompletter Quark. Aber dieses Gerücht müssen wir im Keim ersticken.«

Einen Moment lang schwiegen alle. Ich schaute zu Mum und Dad – sie starrten auf den Fußboden, mit einem Ausdruck auf dem Gesicht, den ich nicht kannte. Es schien fast so, als wären sie gekränkt – im Namen meines Bruders Jason.

»Können Sie uns vielleicht ein bisschen konkreter sagen, was Sie gehört haben?«, fragte Dad nach einer Weile. »Damit wir wissen, womit wir es zu tun haben.«

»Vielleicht möchten Sie ja lieber, dass Sam aus dem Zimmer geht«, sagte der Coach mit einer Kopfbewegung in meine Richtung. »Er ist noch ein bisschen klein für –«

»Ach, da müssen wir uns keine Sorgen machen«, sagte Mum. »Ich habe schon vor langer Zeit begriffen, dass es überhaupt keinen Sinn hat, ihn von irgendwas auszuschließen. Er horcht sowieso an der Tür. Spucken Sie's einfach aus, egal, was es ist.«

»Also gut«, begann O'Brien. Er konnte keinem von uns in die Augen sehen, und ich merkte ihm an, dass das Ganze ihn wahnsinnig viel Kraft kostete. »Manche der Jungen behaupten, Jason ist … Sie wissen ja …«

»Was bin ich?«, fragte mein Bruder Jason.

»Ein Menschenfresser?«, fragte Dad. »Ein Vampir? Ein Franzose?«

O'Brien schluckte nervös. »Sie behaupten, dass Jason fest entschlossen ist, die Mannschaft zu verlassen. Dass er mit dem Fußball aufhören will.«

»Ach!«, riefen Mum und Dad gleichzeitig. Damit hatten sie offensichtlich nicht gerechnet.

»Ich habe nie gesagt, dass ich mit dem Fußball aufhören will!«, rief mein Bruder Jason.

»Hab ich's doch gewusst!« Mit einem Seufzer der Erleichterung lehnte sich O'Brien zurück. Ich glaube, ich habe noch nie jemanden gesehen, der so froh war. »Ich habe den Leuten gesagt, jemand, der einen Freistoß dermaßen perfekt ins Tor zirkeln kann wie Jason Waver, hört doch nicht mit dem Fußball auf. Kein Mensch macht Schluss mit etwas, was er so gut kann. Das wäre total unlogisch.«

»Und das ist das Gerücht, über das Sie mit uns reden wollen?«, fragte Dad mit einem misstrauischen Unterton.

»Ja, genau.« Coach O'Brien zuckte die Achseln. »Die Mannschaft ist extrem wichtig für mich. Und wenn Jason aufhören würde –«

»Entschuldigen Sie, es ist nur so ...«, begann Mum. »Ähm ... ist es tatsächlich das Einzige, worüber Sie mit uns reden wollen?«

Coach O'Brien kratzte sich am Hinterkopf und schaute von einem zum anderen. »Ich denke schon«, sagte er langsam. »Aber gibt es vielleicht etwas, worüber Sie mit mir sprechen wollen?«

»Junge Menschen reden viel«, sagte Mum. »Und ich würde vermuten, sie reden auch über Jasons ... Situation?«

»Welche Situation?« Der Coach begriff offensichtlich gar nichts.

»Die Tatsache, dass ich den Leuten sage, ich bin transgender, was sonst«, erklärte mein Bruder Jason. »Sie wollen doch nicht behaupten, dass Sie davon nichts mitgekriegt haben?«

Der Coach zuckte die Achseln. »Doch, klar habe ich das gehört. Aber ich verstehe nicht, was das mit Fußball zu tun hat.«

»Sie sind also nicht hier, um uns mitzuteilen, Sie wollen nicht, dass er weiterspielt?«, fragte Mum und musterte ihn erstaunt.

»Warum soll ich nicht wollen, dass er weiterspielt?«, fragte der Coach.

»Und was ist mit den anderen Jungen in der Mannschaft? Haben die auch nichts dagegen, dass Jason spielt? Oder die Eltern?«

»Ach, es gibt schon welche«, räumte er ein. »Ein paar Jungs haben so was in der Richtung gesagt. Und ich habe ein, zwei Briefe von Eltern bekommen. Aber ich habe zu allen das Gleiche gesagt.«

»Was haben Sie gesagt?«

»Dass mir das schnurzpiepegal ist – selbst wenn Jason sich anziehen würde wie Papa Schlumpf oder leben möchte wie ein Außerirdischer aus dem Weltall. Das hat überhaupt nichts mit mir zu tun. Aber Fußball! Ja, Fußball! Das ist was anderes. Der Fußball ist wirklich wichtig. Alles Übrige – wen interessiert das schon. Es tut doch keinem weh!«

Ich schaute zu meinem Bruder Jason. Unsere Blicke begegneten sich. Wir konnten es beide nicht fassen und fingen schallend an zu lachen.

»Was ist daran so lustig? Ich verstehe das nicht.« Coach O'Brien schaute wieder von einem zum anderen. »Außerdem ist mein Mund ganz trocken«, fügte er hinzu. Dad kapierte den Wink mit dem Zaunpfahl und ging in die Küche, um noch zwei Flaschen Bier zu holen, reichte eine dem Coach und behielt die andere für sich.

»Eine Sache möchte ich unbedingt klarstellen«, sagte Mum. Sie stand da, wie wenn sie im Parlament Fragen der anderen Seite beantwortet. Da redet sie nämlich immer so, als wäre ihr Gegenüber ein totaler Einfaltspinsel und als würde sie sich nur die Mühe machen, die Frage zu beantworten, weil sie verfassungsmäßig dazu verpflichtet ist. »Sie sind nicht hier, um sich zu beschweren oder um uns mitzuteilen, dass Jason nicht mehr in der Mannschaft spielen kann? Im Gegenteil, Sie wollen ihn anscheinend ermuntern, unbedingt weiterzuspielen?«

»So ist es.«

»Sie haben gesagt, ein paar der Jungs haben was dagegen«, sagte mein Bruder Jason. »Und dass Sie von verschiedenen Eltern Briefe bekommen haben. Wer genau war das?«

»Ich glaube, das ist nicht so wichtig«, entgegnete der Coach.

»Für mich schon. Ich spiele seit Jahren mit diesen Leuten. Mit manchen, seit ich sechs Jahre alt war. Ich möchte wissen, wen das so stört.«

Der Trainer zuckte wieder die Achseln, dann ratterte er ein paar Namen herunter. Ich kannte sie alle. Die meisten von ihnen waren blöde Angeber, die andere Schüler mobbten. Mich ließen sie normalerweise in Ruhe, weil mein Bruder so anerkannt war, aber ich wusste genau, wie sie viele kleinere Jungen behandelten, und das war ziemlich übel.

Mein Bruder Jason lehnte sich zurück und flüsterte: »Sie sind doch meine Freunde!«

»Aber vielleicht ...«, begann Mum, und ich sah ihr an, dass sie jedes Wort genau überlegte. »Vielleicht solltest du darüber nachdenken, ob du bewirkst, dass sich andere Spieler unwohl fühlen deinetwegen. Wie du selbst sagst – wir reden hier über deine Freunde. Du kennst sie schon dein ganzes Leben.«

»Ich kann nicht kontrollieren, wie andere Leute sich fühlen«, erwiderte er leise.

»Wenn die Eltern an Coach O'Brien schreiben, dann schreiben sie womöglich demnächst auch Leserbriefe an die Zeitung. Und überleg doch mal, wie unangenehm das für dich wäre«, sagte Mum. »Vielleicht liegt hier eine Chance. Wir könnten die ganze Sache ruhen lassen – noch ein Jahr oder so, bis du mit der Schule fertig bist. Und dafür sorgen, dass möglichst wenig Leute was davon erfahren. Du kannst schon mal aus der Mannschaft austreten und den Leuten sagen, du hast beschlossen, alle Aktivitäten außerhalb des offiziellen Stundenplans an den Nagel zu hängen und dich ganz aufs Lernen zu konzentrieren.«

»Aber Jason kann unmöglich aus der Mannschaft aussteigen!«, rief Coach O'Brien. »Er ist der beste Spieler, den wir haben! Oder von mir aus auch die beste Spielerin, er oder sie, ganz egal!«

Ich starrte ihn ungläubig an. Noch nie hatte jemand meinen Bruder Jason als *sie* bezeichnete, und dass es ausgerechnet der Fußballtrainer war, fand ich echt erstaunlich.

»Ich glaube aber, das wäre am besten«, sagte Mum. Sie stand auf und gab damit dem Coach zu verstehen, dass es Zeit für ihn war, zu gehen. »Und vielen Dank für Ihr Verständnis. Ich verspreche Ihnen, die Sache wird so bald wie möglich in Ordnung gebracht. Wir haben einen wunderbaren Psychologen, der mit Jason arbeitet, und deshalb hoffen wir, dass demnächst alles wieder zur Normalität zurückkehrt.«

»Aber die Fußballmannschaft!«, klagte der Coach.

»Ist nicht unser Problem.«

»Aber Jason!«, entgegnete er. »Jason, willst du aufhören zu spielen?« Er schaute meinen Bruder an.

Ich dachte, Jason würde *nein* sagen, aber ich konnte ihm ansehen, dass er sehr gekränkt war, weil seine Mitspieler ihn nicht uneingeschränkt unterstützten, während er sich gleichzeitig, genau wie ich, darüber wunderte, dass der Coach so viel Verständnis zeigte.

»Na ja, wir müssen nichts überstürzen«, sagte Coach O'Brien, klang aber wenig überzeugend. »Warten wir einfach ab, was passiert.«

Er gab meinen Eltern die Hand, ignorierte mich und ging dann auf meinen Bruder Jason zu, umarmte ihn und drückte ihn an sich. Vielleicht mochte ich den Coach jetzt doch. Es war alles sehr verwirrend. Noch etwas, was zur allgemeinen Konfusion beitrug.

Nachdem sie ihn verabschiedet hatten, kamen meine Eltern mit wütenden Mienen ins Wohnzimmer zurück.

»Da siehst du, was passiert!«, schimpfte Mum. »Es ist nur noch eine Frage der Zeit, bis die Presse dahinterkommt. Wie kannst du mir das antun, Jason? Du bist so was von *egoistisch*, so *verantwortungslos*!«

»Ich hab doch gar nichts getan!« Er beugte sich vor und fing an, laut zu schluchzen. Ich wollte zu ihm laufen, ihn umarmen, aber ich schaffte es nicht. Es war, wie wenn meine Füße mit Sekundenkleber an den Teppich geklebt worden wären. »Hör auf, mich anzuschreien, bitte!«

»Ich höre erst auf, dich anzuschreien, wenn du mit diesem Unsinn aufhörst!«, zeterte Mum. »Du bist dabei, meine Karriere zu ruinieren und dein eigenes Leben ebenfalls, wenn du nicht aufpasst! Aber dir ist das völlig egal, stimmt's? Dich juckt das alles nicht. Und – schneid dir endlich die Haare ab, Herrgott nochmal! Du siehst lächerlich aus!«

Als mein Bruder Jason sich letzten Endes einverstanden erklärte, mit dem Fußball aufzuhören, so wie unsere Eltern es wollten, habe ich ihn gefragt, ob es ihm fehlen würde, zur Mannschaft zu gehören. Er schüttelte den Kopf und sagte, ihm sei das nie so besonders wichtig gewesen. Dass das nicht stimmte, wusste ich. Er verbrachte jetzt viel Zeit allein in seinem Zimmer, und wenn ich klopfte, sagte er, ich soll verschwinden. Früher hatte er mir immer erlaubt, auf seinem Bett zu liegen, wenn er Musik hörte, oder er machte es sich dort mit einem Buch gemütlich, während ich an seinem Schreibtisch saß und Hausaufgaben machte. Er half mir auch nicht mehr beim Lesen, was sehr bitter für mich war, weil ich mich immer viel sicherer fühlte, wenn er mir beistand. Aber wenn ich ihn jetzt um Hilfe bat, sagte er, ich müsse das allein schaffen, denn irgendwann würde der Tag kommen, an dem er nicht mehr zu Hause war, weil er studierte oder einen Job hatte.

Weil unsere Zimmer direkt nebeneinanderlagen, hörte ich manchmal, wie er weinte, wenn er schlafen ging, aber ich wollte trotzdem nicht zu ihm rüber. Seine Tränen machten mir Angst. Ich wünschte mir einen starken großen Bruder. Er war doch immer stark gewesen, und ich wollte nicht, dass er sich veränderte.

Als ich eines Morgens, nicht lange nach Coach O'Briens Besuch, ins Klassenzimmer kam, verstummte das allgemeine Gequatsche, und alle Blicke richteten sich auf mich. Ich setzte mich hin, hörte nun wieder Gelächter und Getuschel, wie immer, war aber fest entschlossen, es überhaupt nicht zu beachten.

»Wie geht's deiner Schwester, Sam?«, fragte mein Erzfeind David Fugue. Er drehte sich grinsend zu mir um und kaute dabei auf seinem Füllerdeckel. »Hat sie schon einen Freund? Aber – schau bitte nicht mich an, ich will nämlich lieber eine echte Frau.«

Ohne auf ihn zu reagieren, holte ich meine Bücher aus der Tasche. Hoffentlich kam Mr. Lowry bald! Es schien mir, als würden meine Klassenkameraden mit jedem Tag mehr Witze machen, und so allmählich zermürbte mich das.

»Hey, Sam«, rief Liam Williamson, der direkt hinter mir saß und ein Anhänger von David Fugue war. Die beiden steckten ständig zusammen, und Liam hatte sogar den gleichen Haarschnitt wie David, wodurch er total doof aussah. »Hab ich richtig gehört? Hat deine Schwester eine neue Girl-Band gegründet? Sie sollten zu *The X-Factor* gehen!«

»Halt die Klappe, Williamson«, sagte ich.

»Zwing mich doch!«

»Das mach ich, wenn du nicht gleich still bist.«

»Ich rede immer noch.«

»Hör lieber auf.«

»Was tust du, wenn ich nicht aufhöre?«

»Ich zwinge dich!«

»Na, dann mach mal!«

»Wart's nur ab.«

»Ich warte ab. Aber irgendwie passiert nichts.«

»Ich habe drei Brüder«, rief James Burke von der anderen Seite des Raum und warf eine zusammengeknüllte Papierkugel in meine Richtung. Sie prallte von meinem Kopf ab und landete verblüffenderweise im Papierkorb. »Wenn du willst, kannst du einen haben. Es ist garantiert nicht leicht, wenn man nur eine Schwester hat. Aber vielleicht sitzt ihr ja abends auf dem Sofa und redet über Jungs, während ihr euch gegenseitig Zöpfe flechtet.«

Das war's. Jetzt platzte mir der Kragen. Ich sprang auf und rannte los, wir stürzten uns aufeinander, sehr zum Vergnügen unserer Klassenkameraden, die einen Kreis um uns bildeten und uns anfeuerten, während wir uns prügelten. Es dauerte keine Minute, da kam Mr. Lowry herein und brüllte, alle sollten sofort an ihre Plätze gehen. Die anderen stoben auseinander, aber ich blieb wie benommen auf dem Fußboden liegen. Irgendetwas lief mir übers Kinn. Ich fasste mir an den Mund, und als ich meinen Finger anschaute, war er knallrot, und als ich mir mit der Zunge über die Unterlippe fuhr, schmeckte ich an der Stelle, wo James mich getroffen hatte, das bittersüße Aroma von Blut.

»Was ist hier los?«, fragte Mr. Lowry. »Sam, was ist mit dir passiert?«

»Nichts.« Ich stand auf, konnte ihm aber nicht in die Augen sehen.

»Es ist offensichtlich nicht *nichts*. Ihr habt euch geprügelt. Wer hat angefangen?«

Niemand sagte etwas, zu hören war nur unterdrücktes Gekicher.

»Ihr benehmt euch wie Kinder!«, rief er verärgert.

»Wir sind dreizehn«, erwiderte Liam Williamson. »Wir *sind* Kinder.«

»Red nicht so neunmalklug!«

»Aber das hier ist doch die Schule! Gehen wir nicht in die Schule, um neunmalklug zu werden?«

Mr. Lowry rollte mit den Augen. Er machte den Eindruck, als könnte er sich nur mit Mühe beherrschen. »Ich will euch mal was sagen«, begann er und ließ seinen Blick über die Klasse wandern. »Eines Tages, wenn ihr ein Stück älter seid als jetzt, werdet ihr eure eigenen Sorgen haben. Manche von euren Freunden machen vielleicht schwere Zeiten durch. Vielleicht sogar eins eurer eigenen Kinder. Dann werdet ihr darauf zurückblicken, wie ihr euch heute verhaltet, und ihr werdet euch fragen, warum ihr nicht ein bisschen mehr Güte und Freundlichkeit gezeigt habt.«

Im Klassenzimmer war es still. Nicht einmal David Fugue hatte dazu etwas zu sagen.

»Geh hinunter ins Büro, Sam«, sagte Mr. Lowry schließlich mit einem Seufzer. Er wusste Bescheid – es hatte wenig Sinn, mit einer Gruppe von Kindern ein vernünftiges Gespräch zu führen, da die viel zu viel Angst hatten, ihr Ansehen zu verlieren, und deshalb keinerlei Mitgefühl zeigen konnten. »Da wirst du verarztet.«

»Alles prima«, sagte ich und wollte an meinen Platz zurückgehen, weil ich vor den anderen nicht als Schwächling dastehen wollte.

»Nichts da *prima* – du blutest! Raus hier, und komm erst wieder, wenn du versorgt worden bist.«

Ich schnaubte verdrossen. Resigniert marschierte ich aus dem Zimmer und hinunter zum Büro, begleitet von Gelächter und Pfiffen. Mrs. Wilson musterte mich kurz und hielt dann ihre übliche Predigt, dass sie lieber in einer Mädchenschule arbeiten würde, denn da wäre sie wenigstens von jungen Damen umgeben und nicht von brutalen Schlägertypen. Ich überlegte kurz, ob ich ihr sagen sollte, dass meiner Erfahrung nach Mädchen in puncto Mobbing sogar noch schlimmer waren, entschied mich aber dagegen. Nachdem sie genug geschimpft hatte, holte sie aus dem Kühlschrank einen Eisbeutel und befahl mir, diesen ein paar Minuten auf meine Unterlippe zu drücken.

»Du brauchst nicht genäht zu werden«, sagte sie.

»Aber du weißt ja, ich muss dem Direktor melden, dass du dich geprügelt hast.«

»Ist mir egal.«

»Und du musst wahrscheinlich nachsitzen.«

»Na und?«

»Du bist sehr ungezogen, weißt du das? Bringen deine Eltern dir keine Manieren bei?«

»Nein. Meine Eltern sind sogar noch schlimmer als ich.«

»Na, so was!«, rief sie empört. »Der Apfel fällt nicht weit vom Stamm, so viel ist sicher. Ich habe deine Mutter bei *Question Time* gesehen, und sie redet mit den Zuschauern, als wären die samt und sonders Vollidioten. Ich kann sehen, von wem du deinen Charme hast. Übrigens – wie geht's deinen Zähnen?«, fragte sie dann.

»Wackelt einer?«

Ich tastete mit der Zunge das Innere meines Mundes ab. Die Zähne schienen in Ordnung zu sein. »Alle fest«, brummelte ich hinter meinem Eisbeutel hervor.

»Ihr Jungs mit euren Schlägereien«, sagte sie. »Und immer geht es um irgendwelche Nebensächlichkeiten. Weswegen habt ihr euch denn diesmal gekloppt? Wahrscheinlich war's – oh!«

Sie unterbrach sich, schlug die Hand vor den Mund und schloss dann kurz die Augen, als wäre ihr plötzlich etwas eingefallen.

»Ah, ich verstehe«, sagte sie. »Du bist Jasons Bruder.«

»Ja.«

»Das erklärt alles.« Sie klang jetzt viel sanfter. »Ja, dann – ich habe das Gefühl, dass du dich ziemlich von ihm unterscheidest, so wie du dich benimmst.«

»Warum?« Ich runzelte die Stirn.

»Weil es feige ist, sich zu prügeln. Man will einen Streit gewinnen, einfach, indem man einem anderen wehtut. Und, wenn du mich fragst – Jason ist der mutigste Junge an der ganzen Schule.«

Dazu sagte ich nichts, obwohl es mich überraschte, dass sie das sagte. Dreißig Minuten später war ich wieder unterwegs zurück in die Klasse. Die Flure waren leer, und da ich im Moment keine Lust hatte, einen meiner sogenannten *Freunde* zu sehen, setzte ich mich auf eine Bank. Innerlich war mir kotzübel. Ich schaute hoch zur Wanduhr. Immer noch die erste Unterrichtsstunde – ein ganzer Tag lag vor mir, und ich konnte mir nicht vorstellen, wie ich ihn überstehen sollte. Da näherten sich Schritte, und ich blickte auf. Es war mein Bruder Jason.

»Was machst du hier?«, fragte er.

»Nichts.«

»Was ist mit deinem Gesicht passiert?«

Ich zuckte die Achseln. »Schlägerei.«

»Mit wem?«

»Ist doch egal.«

»Mit wem, Sam?«

Schweigend blickte ich zu ihm hoch, halb vorwurfsvoll, halb in meinem Stolz gekränkt. Er hatte immer noch diesen blöden Pferdeschwanz und das Make-up, und als er sich jetzt neben mich setzte, rückte ich ein Stückchen von ihm ab, weil ich so sauer war. Am liebsten wäre ich aufgestanden und gegangen, aber ich wusste, wenn ich das täte, würde er mir folgen, um über alles zu reden, und das war das Letzte, was ich wollte.

»War es meinetwegen?«, fragte er. »Hast du dich meinetwegen geprügelt?«

»Was machst du überhaupt hier?«, fragte ich ihn mit erhobener Stimme. »Wieso bist du nicht im Unterricht? Auf diesem Stockwerk sind doch nur die unteren Klassen – du hast hier nichts verloren.«

»Ich war auf dem Klo. Die Behindertentoilette auf unserem Stock wird frisch gestrichen, deshalb muss ich die hier unten nehmen.«

»Es gibt ja auch ein Jungenklo bei euch oben.«

»Ich gehe nicht mehr aufs Jungenklo, das weißt du doch. Und aufs Mädchenklo darf ich nicht.«

»Geh einfach wieder nach oben«, sagte ich und schubste ihn weg.

»Ich lasse dich nicht allein, wenn du so mies drauf bist.«

»Ich bin nicht mies drauf!«, protestierte ich.

»Bist du doch. Das sieht sogar ein Blinder. Bist du sauer auf mich?«

»Nein.«

»Du schaust mich nicht mal an.«

»Ich will dich nicht anschauen.«

»Red mit mir, Sam.«

»Jetzt willst du plötzlich reden!« Ich drehte mich wütend zu ihm und spürte, wie mir die Tränen in die Augen stiegen. »Zu Hause hockst du die ganze Zeit in deinem Zimmer und lässt mich nicht mal rein. Was machst du eigentlich da drin? Probierst du Kleider an?«

Er biss sich auf die Unterlippe und schaute weg. »Nein«, sagte er kopfschüttelnd. »Nein, ich probiere keine Kleider an.«

»Experimentierst du dann vielleicht mit Make-up? Mit Lippenstift und Mascara – damit du aussiehst wie ein Mädchen?«

Eine ganze Weile schwieg er, aber ich hörte seinen regelmäßigen Atem neben mir, während er mit dem Fuß auf den Boden klopfte.

»Ich glaube, ich habe das alles nicht so ganz durchdacht, bevor ich es dir und Mum und Dad erzählt habe«, sagte er schließlich. »Ich hatte null Ahnung, dass es dir so viel ausmacht.«

»Ja, stimmt, du hattest null Ahnung.«

»Ich hatte nur das Gefühl, wenn ich mit keinem darüber rede, werde ich verrückt. Oder Schlimmeres.«

»Schlimmeres?« Ich blitzte ihn an. »Was kann denn schlimmer sein als das, was zurzeit passiert?«

»Ich habe einfach gedacht, wenn ich es ausspreche, wird alles leichter«, sagte er.

»Und – ist es leichter geworden?«, fragte ich. »Für mich jedenfalls nicht.«

»Stimmt wahrscheinlich. Aber ich bereue es trotzdem nicht. Jetzt bin ich immerhin mir selbst gegenüber ehrlich. Sag mir die Wahrheit. Du bist meinetwegen verprügelt worden, stimmt's?«

Ich nickte.

»Hast du zurückgeschlagen?«

»Ja, klar.«

»Du musst nicht für mich hinstehen, weißt du. Lass sie doch reden, was sie wollen. Wen interessiert das? Sind doch nur Wörter.«

»Mich interessiert es«, sagte ich.

»Mich nicht.«

»Du bist nicht in meiner Klasse. Du musst dir den Mist nicht anhören, den sie dauernd reden.«

»Stimmt, aber ich bin in *meiner* Klasse, und denkst du etwa, da ist es viel besser? Die ganze Zeit war ich der beliebteste Junge in der Schule. Ich war der Kapitän der Fußballmannschaft. Und jetzt beschimpfen sie mich und schreiben Sachen auf mein Schließfach. Viele Leute lassen mich im Stich, und ich habe gedacht, sie sind meine Freunde. Wenn du denkst, das ist leicht –«

»Aber du hast angefangen!«, rief ich empört und sprang auf. »Du bist an allem schuld!«

»Ich weiß«, sagte er. »Aber was hätte ich tun sollen? Sag du's mir. Was hättest du an meiner Stelle getan?«

»Ich kann doch gar nicht an deiner Stelle sein«, protestierte ich. »Weil ich ein Junge bin. Weil ich schon immer ein Junge war und weil ich *immer* einer bleiben werde, und daran wird sich nichts ändern.«

»Dann hast du Glück«, sagte er. »Du bist nicht verwirrt, was dich selbst betrifft. Du bist nicht innerlich zerrissen. Aber ich. Und –«

Bevor er den Satz zu Ende sagen konnte, klingelte es, und die Klassenzimmertüren wurden aufgerissen. Ich geriet in Panik, weil ich nicht mit meinem Bruder Jason gesehen werden wollte, und nutzte das allgemeine Gewimmel, um zu fliehen.

An diesem Abend blieb ich absichtlich lang wach. Jedes Mal, wenn ich merkte, dass ich wegdöste, riss ich mich zusammen, schlug mir mit den Händen ins Gesicht, sprang aus dem Bett und ging im Zimmer auf und ab, wie ein Soldat, der Wache schieben muss. Immer wieder schaute ich auf die Uhr, aber die Zeit schlich so langsam wie eine Schnecke. Ich überlegte, ob ich nach unten gehen und ganz leise fernsehen sollte, aber das Zimmer von Mum und Dad lag direkt über dem Wohnzimmer, also würde ich sie garantiert aufwecken. Mein Plan war, bis zwei Uhr nachts wach zu bleiben, weil ich im Internet gelesen hatte, dass die meisten Menschen um diese

Uhrzeit am tiefsten Punkt ihres Schlafzyklus angelangt sind, und dadurch war die Wahrscheinlichkeit, dass sie aufwachten, wenn sie gestört wurden, am geringsten.

Endlich war es so weit. Ich öffnete meine Nachttischschublade. Am früheren Abend hatte ich dort etwas versteckt, was ich aus der Küche entwendet hatte. Als ich es jetzt in der Hand hielt, fühlte es sich schwer und gefährlich an. Ich ging zu meiner Zimmertür und öffnete sie ganz, ganz langsam, damit sie nicht knarrte. Im Flur blieb ich kurz stehen, um mich zu versichern, dass ich niemanden aufgeweckt hatte und das ganze Haus noch friedlich schlief. Dann schlich ich, barfuß wie ich war, zum Zimmer meines Bruders Jason, drehte vorsichtig den Türgriff und öffnete dann Millimeter für Millimeter die Tür.

Die Vorhänge waren in der Mitte nicht komplett geschlossen, und der Mond schien herein. Deshalb konnte ich sehen, dass er tief und regelmäßig atmete, den Mund leicht geöffnet, die Bettdecke nur halb über der Brust. Er bewegte sich im Schlaf und gab ein leises Grummeln von sich. Als er den Kopf drehte, sah ich, dass er das Haargummi nicht herausgenommen hatte und dass der Pferdeschwanz, den alle so hassten, flach auf dem Kissen lag.

Ich trat näher ans Bett und hob behutsam seine Haare an. Dann nahm ich die Schere, die ich mitgebracht hatte, klappte sie mit Daumen und Zeigefinger auf und wieder zu, die Haare zwischen den Blättern. Die Schere war extrem scharf und erledigte ihren Job schnell und effizient – mit einem sehr befriedigenden Geräusch schnitt sie die Haare ab. Da stand ich nun, mitten im Zimmer meines Bruders, seine Haare in meiner Hand. Jason bewegte sich wieder im Schlaf, drehte sich auf die andere Seite und tauchte schließlich mit einem tiefen Seufzer zurück in seinen Traum, während ich mich wieder in mein Zimmer schlich und lautlos die Tür hinter mir zuzog. Ich holte die Spezialbox aus meinem Schrank, legte den Pferdeschwanz oben auf Mums alte *Vogue*-Hefte, schloss die Kiste ab und versteckte den Schlüssel.

Als ich in mein Bett kletterte, lag ich lange wach. Mein Herz klopfte. Hatte ich das Richtige getan? Immerhin würden Mum und Dad ihn jetzt nicht mehr anschreien, er solle endlich zum Friseur gehen. Ich redete mir ein, mein Bruder Jason würde, wenn er morgen früh aufwachte und in den Spiegel schaute, sich daran erinnern, dass er ein Junge war, und aufhören mit dem ganzen Getue. Im Grund hatte ich ihm einen Gefallen getan, sagte ich mir, drehte mich auf die Seite und schloss die Augen. Bald würde sich in der Schule keiner mehr über ihn lustig machen.

Oder über mich.

Ich konnte wieder in die Unsichtbarkeit zurückkehren.

6

Die Brewsters

In den Wochen, die folgten, redete mein Bruder Jason weder mit Mum noch mit Dad, aber auch nicht mit mir. Er aß alle Mahlzeiten in seinem Zimmer, bei geschlossener Tür, und eines Nachmittags, als ich von der Schule nach Hause kam, sah ich, wie er an seiner Zimmertür einen Riegel anbrachte.

»Von jetzt an kommt ohne meine Erlaubnis keiner mehr hier rein«, verkündete er, als er bemerkte, dass ich oben an der Treppe stand und ihm zuschaute. »Das war total gemein und feige, dass einer von den beiden in mein Zimmer gekommen ist, während ich geschlafen habe.«

»Aber sie behaupten doch beide, sie waren es nicht«, sagte ich, denn Mum und Dad beharrten darauf, nichts mit der Pferdeschwanz-Aktion zu tun zu haben, machten allerdings auch keinen Hehl daraus, wie froh sie waren, dass er endlich verschwunden war. Niemand kam auf den Gedanken, mich zu beschuldigen.

»Na ja, von allein ist mein Pferdeschwanz jedenfalls

nicht abgefallen, oder?« Er trat einen Schritt zurück und begutachtete sein Werk, dann schob er den Riegel ein paarmal vor und zurück, um sicherzugehen, dass er funktionierte. »Im Grund haben sie ja sowieso nichts davon – ich lasse mir die Haare einfach wieder wachsen. Und sie wachsen schnell. Im Frühjahr kann ich mir schon wieder einen Pferdeschwanz machen.«

Während dieser Wochen war die Atmosphäre bei uns zu Hause extrem spannungsgeladen, und sie verschlechterte sich noch, als mein Bruder Jason zwei Tage vor dem Weihnachtstag mit einer Reisetasche herunter ins Wohnzimmer kam und verkündete, er gehe für eine Woche weg und komme erst im neuen Jahr wieder.

»Wie bitte?« Mum blickte von ihrem iPad auf. »Was soll das? Morgen ist Heiligabend!«

»Ich habe nicht die Absicht, hier Weihnachten zu feiern«, sagte er und hielt ihren Blick fest. »Ich kann nicht rumsitzen und Truthahn essen und so tun, als wären wir eine glückliche Familie, wenn es überhaupt nicht stimmt.«

»Warum denn nicht?«, sagte Dad. »An Weihnachten tun das doch alle.«

»Ich will aber kein Heuchler sein.«

»Hör zu.« Dad legte ihm die Hand auf die Schulter, allerdings nur ganz kurz. »Wir müssen ja nicht über deine ... über deine Situation reden, wenn du das nicht möchtest.«

»Das klingt wirklich super« erwiderte mein Bruder Jason. »Und es gibt mir ein total gutes Gefühl von mir selbst. Du willst einfach alles unter den Teppich kehren und vergessen, während wir feiern?«

Dad überlegte. »Nein, eigentlich nicht«, sagte er dann. »Deborah, was denkst du?«

»Mir fällt nichts ein«, sagte Mum.

»Gut. Weihnachten ist doch ein Familienfest«, erklärte Dad. »Eine Zeit, in der man zusammen ist mit den Menschen, die man liebt.«

»Aber ihr liebt mich nicht«, sagte Jason, und seine Stimme wurde lauter. »Wenn ihr mich lieben würdet, dann wärt ihr nicht in mein Zimmer geschlichen, während ich geschlafen habe, und ihr hättet mir nicht die Haare abgeschnitten.«

»Zum hundertsten Mal!«, rief Mum genervt. »Wir sind nicht in —«

»Möchtest du die Wahrheit wissen, Jason?«, fragte Dad.

»Wenn du bereit bist, sie zu sagen, ja.«

»Du hörst sie vielleicht nicht gern.«

»Ich war auch nicht gern das Opfer einer grundlosen Attacke, also leg schon los.«

»Ach, du liebe Güte!« Mum schüttelte den Kopf.

»Ich weiß ganz genau, wer den blöden Pferdeschwanz abgeschnitten hat«, sagte Dad. »Deine Mum war es nicht. Und ich war's auch nicht.«

»Wer dann?«

Dad schaute mich an, und mir gefror das Blut in den Adern. Wusste er Bescheid?

»Bist du sicher, dass du es wissen willst?«, fragte Dad noch einmal.

»Ja, absolut sicher.«

»Also gut.« Dad zuckte die Achseln. »Tatsache ist – und ich kann es nicht glauben, dass du nicht schon längst draufgekommen bist: Du hast dir die Haare selbst abgeschnitten.«

Mein Bruder Jason starrte ihn erst fassungslos an, dann schüttelte er den Kopf und begann zu lachen. »Soll das ein Witz sein?«

»Nein. Es klingt absurd, ich weiß, aber lass mich erst mal ausreden. Du bist mitten in der Nacht aufgewacht, hast in den Spiegel geschaut, und dein Unterbewusstes hat dir mitgeteilt, dass du so tust, als wärst du jemand, der du gar nicht bist. Und schon hast du deinen Pferdeschwanz abgeschnitten. Danach hast du weitergeschlafen, und am nächsten Morgen konntest du dich an nichts erinnern. Es ist doch alles sonnenklar. Du hast es nur verdrängt, weil es dem widerspricht, was du laut sagst.«

Mum nickte. »Das ist wirklich eine interessante Hypothese.«

»Absolut logisch, wenn man sich's überlegt«, sagte Dad.

»Überhaupt nicht logisch«, widersprach mein Bruder Jason.

»Das Unbewusste kann sehr stark sein. Am besten redest du mit Dr. Watson darüber, wenn du das nächste Mal zu ihm gehst. Ich wette, er stimmt uns zu.«

»Na ja, bisher hat er euch in keinem einzigen Punkt zugestimmt.« Mein Bruder Jason sah Dr. Watson alle vierzehn Tage, aber nach unserem ersten Besuch ging er immer allein hin. »Die Chancen stehen also ziemlich schlecht für euch. Aber egal – ich will Weihnachten dieses Jahr nicht zu Hause verbringen, und ihr könnt nichts dagegen machen. Ich habe meine Tasche gepackt und gehe. Ihr werdet mich nicht daran hindern.«

»Aber was ist mit deinen Spielsachen?«, fragte Dad. »Sie liegen schon verpackt unterm Baum.«

»Ich bin siebzehn!«, rief mein Bruder empört. »Ich will keine Spielsachen.«

»Ich meine natürlich: Was ist mit deinen *Geschenken*? Das ist doch nur so eine Redensart.«

»Ich will nichts von euch. Jedenfalls nichts, was ihr einpacken und unter den Weihnachtsbaum legen könnt.«

»Die eigentliche Frage ist – wohin willst du?«, fragte Dad. »Du kannst dir kein Hotel leisten.«

»Ich gehe zu Tante Rose«, antwortete mein Bruder.

»Auf gar keinen Fall!« Mum sprang von ihrem Stuhl auf. Für sie war das der Tropfen, der das Fass zum Überlaufen brachte. »Das meinst du nicht ernst, oder?«

»Doch, ich meine es total ernst.«

»Du willst sagen, dass du die Weihnachtstage, die wichtigste Zeit des Jahres, lieber mit Tante Rose verbringen willst als mit deiner eigenen Familie?«

»Sie gehört zur Familie«, sagte mein Bruder Jason. »Auch wenn wir so tun, als wäre es nicht so.«

Tante Rose war die Schwester unserer Mutter, zwei Jahre jünger, aber die beiden hatten wenig gemeinsam. Deshalb besuchte Rose uns nicht besonders oft, obwohl sie keine hundert Kilometer entfernt wohnte. Sie lebte in dem Haus, in dem sie und Mum aufgewachsen waren. Nach dem Tod meiner Großeltern hatte Rose ihre Schwester ausbezahlt. Sie war in jeder Hinsicht genau das Gegenteil von Mum.

ZEHN DINGE, DIE TANTE ROSE GETAN HAT UND DIE MUM NIE GETAN HÄTTE UND NIE TUN WÜRDE

1. Sie ist mit einem Fallschirm aus einem Flugzeug gesprungen.
2. Sie war mit drei verschiedenen Männern verheiratet und hat sich von allen dreien scheiden lassen.
3. Sie war vier Wochen im Gefängnis, weil sie bei einer Demonstration gegen den Irakkrieg im März 2003 einen Polizisten angegriffen hat.
4. Sie hat in einer sogenannten Kommune gelebt, als sie neunzehn war. Dann in einem

sogenannten Kibbuz. Dann in der Planstadt Milton Keynes.
5. Sie hatte eine Statistenrolle in einem der *Star-Wars*-Filme.
6. Sie hat ein Ei auf Prinz Charles geworfen und ihn an der Schulter getroffen.
7. Sie hat ein Buch mit Gedichten geschrieben und es in einem sehr bedeutenden Verlag namens *Rose Press* veröffentlicht.
8. Sie hat den Brückenbogen der Sydney Harbour Bridge bestiegen.
9. Sie hat ein Tattoo von einem Typ namens David Bowie auf ihrem Arm.
10. Sie hat zu meinem Bruder Jason gesagt, dass er über Weihnachten zu ihr kommen kann und sein darf, wer er will.

»Kommt gar nicht in Frage«, sagte Mum. »Diese Frau wird dich nur in deinen Wahnvorstellungen bestärken. Womöglich fesselt sie dich und schneidet ihn dir ab.«

»Was schneidet sie ihm ab?«, fragte ich.

»Du bist doch diejenige, die Sachen abschneidet, vergiss das nicht«, entgegnete mein Bruder Jason grimmig.

»Wir haben deinen verdammten Pferdeschwanz nicht mal angefasst!«, rief Mum. »Ich bin trotzdem froh, dass er weg ist, wenn du das wissen willst. Jetzt siehst du wenigstens wieder aus wie ein echter Junge.«

»Ich bin nicht Pinocchio!«, entgegnete er, formulierte es allerdings ein bisschen anders. Vor *Pinocchio* kam ein Wort, das sich auf *heiß* reimte.

»Es ist wirklich keine gute Idee. Ich möchte nicht, dass Rose da reingezogen wird.«

»Aber sie ist schon reingezogen«, erklärte mein Bruder Jason nach einer Pause.

»Wie bitte?«, fragte Mum.

»Ich habe gesagt, sie ist schon reingezogen.«

Mum schluckte heftig. Sie wirkte so verletzt, dass ich es kaum aushalten konnte.

»Du hast ihr erzählt, was hier los ist?«

»Ja.«

»Was hast du ihr gesagt?«

»Alles. Ich rufe sie fast jeden Tag an.«

»Ja, klar«, sagte Mum ganz leise und mit gesenktem Blick.

»Deborah –«, setzte Dad an, aber sie schüttelte nur abwehrend den Kopf und sagte:

»Alles gut.«

»Nein, gar nichts ist gut!«

»Doch. Wenn er lieber mit ihr reden will als mit mir, seiner Mutter, dann –«

»Ich hab doch *versucht*, mit dir zu reden!«, wehrte sich mein Bruder Jason. »Aber du hörst mir ja nicht zu! Tante Rose hört mir zu. Und sie behandelt mich nicht so, als hätte ich eine Krankheit!«

»Du brichst mir das Herz«, sagte Mum.

»Ich will dir nicht wehtun«, sagte mein Bruder Jason. Sein Tonfall war jetzt ein bisschen sanfter. »Ich bemühe mich nur, mir selbst gegenüber ehrlich zu sein, das ist alles. Und du hilfst mir nicht dabei. Das ist die Wahrheit. Vielleicht versuchst du es ja, keine Ahnung. Aber es funktioniert nicht. So, und jetzt gehe ich. Falls ihr mich irgendwie braucht – ich bin bei Tante Rose.«

»Aber – wann kommst du wieder?«, wollte ich wissen und stand auf. Die Vorstellung, Weihnachten ohne ihn zu feiern, brachte mich total durcheinander. Wenn es wirklich wegen seiner Haare war, dann war ich an allem schuld! Aber ich brachte es nicht fertig, meine Tat zu gestehen.

»Weiß ich nicht. Wahrscheinlich an Neujahr.«

»Kann ich mitkommen?«

»Nein, kannst du nicht, Sam!« Das war mein Vater. Er hatte sich wieder hingesetzt und schien total traurig.

»Ich will aber Weihnachten nicht ohne ihn feiern!«, rief ich.

»Das will keiner von uns. Aber er ist offensichtlich wild entschlossen. Und *ihm* können wir ja nicht mehr vorschreiben, was er tun soll. Bei *dir* können wir es noch!«

»Ich habe dir ein Geschenk aufs Bett gelegt, Sam«, sagte mein Bruder Jason leise. Er kam zu mir und wollte mich umarmen, aber ich wich zurück, floh aufs Sofa und stützte den Kopf in die Hände. Ach, wäre es doch nur ein schlechter Traum, dann könnte ich gleich aufwachen!

»Wenn du tatsächlich gehen willst, dann geh!«, schrie Mum schließlich. »Es bringt nichts, wenn du hier rumstehst und uns anglotzt!«

Da zuckte mein Bruder Jason die Schultern, nahm seine Tasche und ging. Wir drei saßen eine Weile stumm da, dann sprang Mum plötzlich auf, rannte hinaus auf die Straße, schaute nach links und nach rechts und schrie:

»Jason! Jason!«

Aber es war zu spät. Er war schon verschwunden.

Es wurde das schrecklichste Weihnachtsfest meines Lebens. Mum hatte geahnt, wie verkrampft die Stimmung sein würde, wenn wir nur zu dritt um den Esstisch herum saßen, und hatte einen ihrer Fraktionskollegen eingeladen, samt seiner Frau und der vierzehnjährigen Tochter Laura. Diese war offensichtlich stocksauer, weil sie den ersten Feiertag bei anderen Leuten verbringen musste, während Mums Kollege – Mr. Brewster, der mich sofort aufforderte, ihn Bobby zu nennen – sich irrsinnig geschmeichelt fühlte und alles tat, um Eindruck zu schinden. Das war nicht zu übersehen. Bobbys Frau Stephanie schleimte ebenfalls herum wie verrückt.

»Das ist wirklich sehr freundlich von Ihnen, Frau

Ministerin«, sagte Bobby, als wir endlich am Tisch Platz nahmen. Truthahn, Schinken, drei verschiedene Kartoffelsorten, Chipolata-Würstchen, vier verschiedene Gemüsesorten und jede Menge Soße. Eine Mahlzeit, die ich unter anderen Umständen erstklassig gefunden hätte.

»Oh, bitte, vergessen wir doch die Förmlichkeiten«, erklärte Mum. »Nennen Sie mich einfach Deborah.«

»Also, Deborah. Das ist sehr freundlich von Ihnen. Nach dem Jahr, das hinter uns liegt, tut ein bisschen großmütiges Entgegenkommen wirklich gut.«

»Ja, die letzten Monate waren grauenvoll«, sagte Stephanie seufzend.

»Warum? Was ist passiert?«, fragte ich, vorübergehend neugierig.

»Unser Reiseunternehmen ist pleitegegangen«, berichtete Bobby. »Deswegen haben wir die Anzahlung für eine Reise auf die Seychellen verloren.«

»Und die Warteliste für den neuen BMW war so lang, dass wir uns letztendlich mit dem Modell vom Vorjahr zufriedengeben mussten«, ergänzte Stephanie.

»Bitte!«, rief Bobby. »Rede nicht von Modellen. Das erinnert mich an Models.«

»Heikles Thema?«, fragte Dad.

»Dad!«, rief Laura, die viel zu dicht neben mir saß und die ich kaum anschauen konnte. Sie hatte blasse Haut und strahlend blaue Augen. Jedes Mal, wenn sie in meine Richtung blickte, wäre ich am liebsten weggerannt. Ich wollte mich hinter dem Sofa verkriechen wie ein nervöser junger Hund. Am Anfang hatte sie mich gleich nach meinem Namen gefragt, und der war mir erst eine knappe Viertelstunde später eingefallen.

»Oh, Deborah, die Geschichte müssen Sie unbedingt hören«, begann Stephanie und legte Messer und Gabel beiseite. »Sie werden's nicht glauben! Vor zwei Monaten waren Laura und ich in der Oxford Street shoppen und haben beschlossen, in den *Topshop* zu gehen. Normalerweise würde ich da nicht hingehen, aber Laura wollte unbedingt. Wir waren gerade mal ein paar Minuten im Laden, da kam eine Frau auf uns zu geschossen. Sie stellte sich als Scout der Model-Agentur *Better Than You* vor und sagte, Laura sei unglaublich attraktiv, und dann – ihr Gang ... also jedenfalls hat diese Frau genau beobachtet, wie Laura im Geschäft herumläuft, und sie hat gesagt, so was hat sie noch nie erlebt!«

»Wirklich extrem schmeichelhaft!« Laura verdrehte die Augen. »Meine größte Begabung liegt anscheinend darin, dass ich einen Fuß vor den anderen setzen kann und mich auf diese Weise vorwärtsbewege. Wovon soll ich als Nächstes träumen?«

»Laura – bitte!«, rief Stephanie und legte kurz ihre Hand auf die ihrer Tochter. »Mummy redet, Laura hört zu. Na, wie dem auch sei«, fuhr sie fort, wieder an Mum gewandt. »Die Dame fragte, ob Laura in der

Agentur vorbeischauen möchte, damit sie ein paar Aufnahmen machen können. Ich war natürlich komplett aus dem Häuschen. Was für eine Chance! Aber während des ganzen Gesprächs stand meine wunderbare Tochter stumm daneben und machte ein Gesicht, als hätte sie gerade eine Wespe verschluckt.«

»Weil ... ich ... kein ... Model ... sein ... will!«, stieß Laura zwischen den Zähnen hervor, und aus den Pausen zwischen den Wörtern schloss ich, dass sie diesen Satz seit dem Nachmittag im *Topshop* schon mindestens tausendmal zu ihrer Mutter gesagt hatte.

»Na ja, um es kurz zu machen – ich habe es immerhin geschafft, das undankbare Ding zu überreden, mit mir zu dem Fotoshooting zu gehen. Es war, als müsste man ihr zehn Zähne ziehen! Dabei würden Tausende von Mädchen für so eine Chance ihr linkes Bein hergeben.«

»Wenn sie nur ein Bein haben, eignen sie sich allerdings nicht besonders gut als Models«, warf Bobby ein. Er lachte laut und mit weit aufgerissenem Mund, so dass man das zerkaute Weihnachtsessen darin sehen konnte, was unglaublich eklig aussah. »Es wäre dann kein Catwalk-Gang, sondern eher ein Catwalk-Gehoppel!«

»Ziemlich taktlos«, sagte ich leise. »Und außerdem habe ich im Fernsehen schon Models mit einem Bein gesehen.«

»Hast du nicht!«, rief Bobby.

»Doch, hab ich.«

»Nein.«

»Doch.«

»Hat Paul McCartney nicht eine Frau geheiratet, die nur ein Bein hat?«, fragte Dad.

»Seid mal alle still!«, griff Mum ein. »Entschuldige, Stephanie, erzähl weiter, bitte.«

»Wir sind also zu der Fotosession gegangen, und ich muss fairerweise zugeben, dass Laura alles gemacht hat, was von ihr verlangt wurde. Hat gepost, wie die Leute es wollten, hat in die Kamera geschaut, sich von der Kamera weggedreht, ihre Hände auf eine bestimmte Art gehalten. Ich meine – ich hab ja keine Ahnung von diesem Zeug und bin selbst nicht unbedingt zum Model geboren ...« Sie unterbrach sich und blickte von einem zum anderen. Ich glaube, sie erwartete, dass jemand widersprechen würde, aber als keiner etwas sagte, nicht mal ihr Mann, kehrte sie zu ihrer Geschichte zurück.

»Als es vorbei war, versammelten sich mehrere Leute vor dem Bildschirm und begutachteten die Aufnahmen, und alle waren so was von begeistert! Und dann kam eine andere Frau zu uns und stellte sich vor – sie war die Chefin der gesamten Agentur und erklärte, sie möchte Laura auf der Stelle ein Angebot machen. *Wir können redaktionelle Beiträge garantieren,* sagte sie, *und natürlich Beiträge im Modeteil. Seit Kate habe ich nicht mehr so ein Naturtalent gesehen,* hat sie gesagt, *und das ist ungefähr hundert Jahre her. Ihre Tochter wird berühmt!*«

»Das ist ja phantastisch«, sagte Mum. Sie machte dabei ein Gesicht, als würde die Geschichte sie allmählich doch langweilen, vor allem, weil sie selbst nichts ebenso Aufregendes beisteuern konnte. »Ich gratuliere! Sie sind bestimmt überglücklich!«

»Tja, leider nicht«, sagte Stephanie. »Denn meine ach so gescheite Tochter Laura hat nein gesagt!«

»Wie bitte?«

»Ich möchte kein Model sein«, erklärte Laura. »Ich weiß nicht, welcher Teil dieses Satzes so schwer zu verstehen ist. Ich habe mich klar ausgedrückt.«

»Aber das ist doch nicht zu fassen!«, rief Dad. »Schau dich doch an – du siehst umwerfend aus! Mein Gott, wenn ich dreißig Jahre jünger wäre – oder meinetwegen auch nur zwanzig –«

Alle schauten ihn an, und er wurde knallrot. »Für ein Mädchen in deinem Alter, meine ich.« Er hüstelte und führte sein Taschentuch an den Mund. »Du bist natürlich noch sehr jung, klar, und –«

»Aber – ich verstehe das nicht«, sagte Mum. Sie schien regelrecht verwirrt. »So eine Chance bekommt man doch nur einmal im Leben. Wenn überhaupt. Und du willst die Chance nicht ergreifen? Was ist mit dir los? Willst du etwa was anderes machen?«

»Ich möchte Gärtnerin werden«, sagte Laura.

»Wie bitte? Entschuldige – ich habe *Gärtnerin* verstanden.«

»Das habe ich auch gesagt. Gärtnerin.«

Mums Gesichtsausdruck wurde noch ratloser. »Du meinst, jemand, der sich um Gärten und Pflanzen kümmert?«, fragte sie schließlich.

»Landschaftsgärtnerin, meine ich«, erklärte Laura, und nun schaute sie von einem zum anderen. Sie wirkte gar nicht mehr stinkig, sondern richtig fröhlich. »Ich möchte Gärten entwerfen – große Gärten, kleine Gärten, englische Gärten, französische Gärten. Waren Sie schon mal bei der *Chelsea Flower Show*, Mrs. Waver?«

»Ja, natürlich«, antwortete Mum. »Ich gehe jedes Jahr hin, am selben Tag wie die Queen. Für jemanden in meinem Job ist das eine hervorragende Gelegenheit, sich öffentlich zu zeigen. Obwohl ich immer einen schauderhaften Heuschnupfen kriege. Aber das ist der Preis, den man zahlen muss, wenn man die Karriereleiter hochklettern möchte.«

»Ich bin auch jedes Jahr dort«, sagte Laura.

»Das geht auf mein Konto«, sagte Bobby. »Ich habe sie das erste Mal mitgenommen, als sie gerade mal vier oder fünf war, und von da an wollte sie jedes Jahr unbedingt hin.«

»Und ich habe schon gleich beim ersten Mal gewusst: Das möchte ich machen.«

Mum konnte es immer noch nicht glauben. »Tut mir leid – aber willst du sagen, dass du dein Leben lieber damit verbringen willst, bis zu den Ellbogen in der Erde zu wühlen, als in Rom, Mailand und New York auf den Catwalks das neueste Kleid von Oscar de la Renta vorzuführen?«

»Ja«, sagte Laura und steckte eine Karotte in den Mund.

»Wie ungewöhnlich.« Mum schüttelte den Kopf. »Ich verstehe die jungen Menschen von heute nicht. Wir bieten ihnen alle Möglichkeiten, die man sich nur wünschen kann, und sie schleudern sie uns ins Gesicht.«

»Sie sind wie die Affen im Zoo, die ihre Fäkalien durch die Gegend pfeffern«, sagte Dad.

Mum schloss einen Moment lang angewidert die Augen. »Alan«, sagte sie dann. »Bitte, keine Fäkalien bei Tisch.«

»Entschuldige, Deborah.«

»Wir dürfen beim Frühstück auch nicht über Pimmel reden«, flüsterte ich Laura zu, und als ich kapierte, was ich gerade gesagt hatte, wurde mein Gesicht innerhalb von drei Sekunden glühend heiß.

Laura lachte kurz, dann schüttelte sie den Kopf. »Ich wäre echt glücklich als Gärtnerin«, sagte sie. »Ich will nichts anderes.«

»Es waren wirklich ein paar grauenvolle Monate.« Stephanie seufzte. »Hoffen wir mal, dass das nächste Jahr besser wird.«

»Ja, allerdings«, sagte Bobby, legte Messer und Gabel

weg und erhob mit einem breiten Grinsen sein Weinglas. »Aber — wer weiß? Vielleicht feiern Sie nächstes Jahr Weihnachten gar nicht in diesem Haus.«

»Nun ja.« Mum bemühte sich, so zu wirken, als wäre ihr diese Vorstellung unangenehm. »Wir wollen nicht zu weit nach vorne schauen.«

»Warum sollen wir nicht hier Weihnachten feiern?«, fragte ich. »Ziehen wir um oder was?«

»Nein, Sam«, sagte Dad. »Wir ziehen nicht um. Jedenfalls noch nicht. Aber niemand weiß, was die Zukunft bringt.«

»Weihnachten in Nummer zehn!«, sagte Bobby. »Das wäre doch mal was, oder?«

»Aber wir wohnen doch in Nummer zehn«, sagte ich, denn unser Haus war tatsächlich die Nummer zehn in unserer Straße.

»Zurzeit ist der Job nicht zu haben«, sagte Mum. »Und außerdem genießt der Premierminister meine uneingeschränkte Unterstützung. Falls die Stelle aber doch in Bälde frei werden sollte, müsste man natürlich die eigene Situation überdenken und sich mit den Kollegen beraten.«

»Na, so was!« Bobby lachte laut und schlug mit der Hand auf den Tisch. »Ist gerade der Typ von *Sky News* reingekommen? Faisal Islam, komm unter dem Tisch vor — so ist es gut, nimm dir was zu essen!«

Er schaute sich übermütig im Zimmer um, bremste sich aber schnell wieder – vielleicht hatte er Mums missbilligende Miene bemerkt. »Stimmt natürlich, Frau Ministerin«, sagte er. »Äh, Mrs. Waver. Deborah. Es hat keinen Sinn, eine Position anzustreben, die gar nicht frei ist. Aber falls es je dazu kommen sollte, dann wissen Sie hoffentlich, dass Sie meiner Meinung nach eine exzellente –«

»Danke, Bobby«, sagte Mum lächelnd. »Das bedeutet mir sehr viel. Zumal ein großer Teil der Partei sich an Ihnen orientieren wird. Ich vermute, dass nicht wenige durchaus erfreut wären, wenn Sie in der nicht allzu fernen Zukunft eins der höheren Ämter übernehmen.«

»Welches?«, fragte Stephanie, nach vorn gebeugt.

»Ach, wir wollen nichts überstürzen«, antwortete Mum. »Und außerdem ist heute Weihnachten. Da sollten wir das Essen genießen und die Politik beiseitelassen.«

Ich spürte am Tisch eine gewisse Enttäuschung darüber, dass dieser Teil des Gesprächs nicht weitergeführt wurde.

»Aber – haben Sie nicht noch einen Sohn?«, fragte Stephanie schließlich, nachdem etwa zehn Minuten lang ziemlich zäh darüber debattiert worden war, ob es vor Neujahr Schnee geben könnte.

»Noch einen Sohn?« Mum runzelte die Stirn, als wäre sie sich selbst nicht ganz sicher.

»Ja, ich dachte immer, Sie haben zwei Söhne.«

»Ach, Sie meinen Jason«, sagte Mum. »Ja, der ist inzwischen siebzehn.«

»Und da ist er an Weihnachten nicht zu Hause?«

»Nein, er macht Freiwilligendienst«, sagte Mum.

»Freiwilligendienst?«

»Ja.«

»Wo?«

»In einer Obdachlosenunterkunft im East End.«

Bobby und Stephanie legten nun beide ihr Besteck weg und wirkten überhaupt angemessen beeindruckt. Sogar Laura hob den Blick und zog eine Augenbraue hoch, als würde sie endlich etwas Interessantes hören.

»Am ersten Feiertag?«, wollte Bobby wissen.

»Uns wäre es natürlich auch lieber gewesen, wenn er die Tage mit uns verbracht hätte«, sagte Dad. »Aber Jason besitzt ein ausgeprägtes Pflichtbewusstsein, was den Dienst am Staat betrifft. Das hat er von Deborah, versteht sich. Er findet, dass er im Leben sehr viele Privilegien genießt, deshalb wollte er dieses Jahr der Gesellschaft etwas zurückgeben.«

»Sie müssen sehr stolz auf ihn sein«, sagte Stephanie und seufzte. »Ich wollte, ich hätte auch so ein Kind und nicht eine undankbare Göre wie Laura.«

Laura wandte sich zu mir, als wäre ich das Publikum. »Ich werde als undankbar bezeichnet, und das nur, weil ich kein Model sein will.«

»Du könntest gut Model sein«, sagte ich leise. »Du bist echt hübsch.«

Alle schauten mich an, und ich wäre am liebsten im Erdboden versunken.

»Ich finde auch, Sie können sehr stolz sein«, sagte Bobby. »Was für ein Sohn, der am Weihnachtstag etwas zurückgibt. Die Partei wäre begeistert. Ich hoffe, Sie haben schon mit dem Pressesekretär gesprochen. Wir könnten ja immer noch ein paar Fotofritzen hinschicken, damit wir die entsprechenden Bilder bekommen. Das käme bei den Hinterbänklern garantiert gut an.«

»Ach, wissen Sie, Bobby«, erwiderte Mum etwas beunruhigt. »Ich glaube, am besten sprechen Sie mit niemandem über dieses Thema. Jason trifft seine Entscheidungen vollkommen selbständig, und es würde mir gar nicht gefallen, wenn jemand denkt, ich instrumentalisiere ihn für meine politischen Zwecke.«

»Verstehe«, sagte er mit einem Augenzwinkern. »Nur ein kleiner Tipp für jemanden vom *Daily* –«

»Nein, ich meine es ernst.« Mums Stimme wurde lauter. »Wirklich. Ich möchte nicht, dass irgendjemand davon erfährt. Wir sollten ihn einfach machen lassen. Es ist Privatsache.«

»Wenn Sie meinen –« Bobby schien nicht ganz sicher zu sein, ob er Mum glauben sollte oder nicht.

»Ja, ich bin mir absolut sicher«, entgegnete Mum. »Ich bin sowieso der Ansicht, wir lassen meine Familie am besten aus allen zukünftigen Kampagnen heraus. Ich möchte mich ganz und gar auf die politischen Ziele konzentrieren.«

Ich ging nach dem Essen hinauf in mein Zimmer, um ein Buch zu lesen, aber ich lief Laura trotzdem noch einmal über den Weg, bevor die Brewsters nach Hause gingen. Sie kam aus dem Bad und ich aus meiner Tür. Sie sprach mich an.

»Kann ich dein Zimmer sehen?« Ich erstarrte. Noch nie hatte ein weibliches Wesen mein Zimmer betreten. Nur meine Mutter, aber die zählte nicht. Jasons Ex-Freundin Penny hatte es einmal versucht, aber ich hatte einen Stuhl gegen die Tür geklemmt und mich geweigert herauszukommen, bis Penny nach Hause gegangen war.

»Wieso?«, fragte ich.

»Unten reden sie wieder über Politik, und ich würde am liebsten mit dem Kopf gegen die Tischplatte knallen, bis ich ohnmächtig werde. Komm schon, zwing mich nicht, wieder runterzugehen.«

Ich zögerte, aber mir fiel keine Ausrede ein, mit der ich mich hätte entziehen können, also gingen wir in mein Zimmer. Ich schaute blitzschnell, ob irgendwo etwas Verfängliches herumlag. Zwei Boxershorts auf dem Fußboden. Ich kickte sie unters Bett. Abgesehen davon schien alles okay. Nicht mal ein altes *Vogue*-Heft war zu sehen. Laura warf sich aufs Bett und streckte sich aus, und ich setzte mich möglichst weit weg von ihr auf den Fußboden, lehnte mich mit dem Rücken an die Wand und schlang die Arme um die Knie.

»Kennst du Lisa Turnbull?«, fragte mich Laura. Ich nickte. Lisa war in meiner Klasse und fast so schlimm wie mein Erzfeind David Fugue. Immer, wenn ich einen neuen Pickel hatte, machte sie alle darauf aufmerksam.

»Ja«, sagte ich.

»Kannst du sie leiden?«

Ich wusste nicht, ob ich ehrlich antworten sollte. Also versuchte ich, Zeit zu gewinnen. »Woher kennst du sie?«

»Ich kenne sie nicht richtig. Ich kenne nur ihre ältere Schwester, und die ist ein Monster. Wir waren mal befreundet, aber jetzt nicht mehr.«

»Warum nicht?«

»Weil sie tratscht. Für sie gibt es nichts Schöneres, als bei anderen Leuten Chaos zu stiften.«

»Stimmt«, sagte ich.

»Hast du eine Freundin?«, wollte Laura als Nächstes wissen. Mein Magen verknotete sich ganz komisch.

»Nicht so richtig.«

»Was heißt das?«

»Das heißt, ich habe keine Freundin.«

»Okay.«

Sie hüpfte vom Bett und ging zu meinem Bücherregal, um die Bücher zu inspizieren. Immer wieder zog sie eins raus und studierte den Einband.

»Gehören die alle dir?«, fragte sie stirnrunzelnd.

»Ja. Warum?«

»Die sind doch für Kinder. Liest du nichts, was für deine Altersgruppe passt?«

»Ich bin dyslexisch«, erklärte ich. »Das heißt, ich kann nicht richtig gut lesen, aber ich lese gern, deshalb lese ich oft einfach Bücher für Kinder. Die kann ich besser auslesen. Nur bei *Sherlock Holmes* ist es anders. Die Geschichten sind nicht für Kinder, aber ich traue mich trotzdem ran, weil sie so toll sind.«

»Ah, verstehe«, sagte Laura und stellte die Bücher zurück. »Entschuldige, ich wollte nicht indiskret sein.«

»Schon okay. Du warst nicht indiskret.«

»Wenn es dich tröstet – ich habe erst mit zehn gelernt, meine Schnürsenkel zu binden. Und ich kann immer noch nicht pfeifen.«

»Das ist ja irre!«, sagte ich lachend.

»Ich weiß. Bei mir ist die Hand-Auge-Koordination nicht besonders gut. Aber sag mal ehrlich – stimmt es, dass dein Bruder heute in einer Obdachlosenunterkunft aushilft?«

»Ja, klar«, sagte ich. »Wieso fragst du?«

»Weil du ein total schockiertes Gesicht gemacht hast, als deine Mutter das gesagt hat.«

»Ich habe nicht erwartet, dass sie es erzählt. Deshalb.«

»Im Wohnzimmer habe ich ein Foto von ihm gesehen. Er sieht gut aus.«

»Er ist siebzehn«, sagte ich »Und du bist erst vierzehn.«

»Ich weiß. Ich meine ja nur. Du siehst ihm übrigens ziemlich ähnlich.«

Ich verzog das Gesicht – was sollte ich dazu sagen?

»Entspann dich, Sam«, sagte sie. »Das war ein Kompliment.«

Dann lächelte sie mir zu – und ging wieder nach unten. Ich blieb in meinem Zimmer. Die Luft roch nach ihrem Parfüm. Und zum ersten Mal seit einer Ewigkeit dachte ich nicht an meinen Bruder Jason. Den ganzen Abend nicht.

7

TANTE ROSES HAUS

Mitte Januar war mein Bruder Jason immer noch nicht wieder zu Hause. Ich vermisste ihn, aber andererseits war das Leben wesentlich weniger kompliziert ohne ihn. Manchmal telefonierten wir, aber irgendwie hatten wir einander nicht viel zu sagen. Die Schule erlaubte, dass er von Tante Rose zu Hause unterrichtet wurde, jedenfalls für ein paar Wochen, während er sich mit seinen *persönlichen Problemen* auseinandersetzte, wie die offizielle Formulierung hieß.

Als für mich der Unterricht anfing, konnte ich wieder unsichtbar sein, weil meine Mitschüler sich neuen Skandalen zuwandten. Zum Beispiel hatte unser Geographielehrer seine Frau, die unsere Mathematiklehrerin war, wegen einer anderen Frau verlassen, und da die Neue bei uns Physik unterrichtete, kriegte man öfter mit, wie die drei in den Pausen zwischen den Unterrichtsstunden auf dem Flur miteinander stritten. Außerdem hatte unser Schulleiter sich eine Harley-Davidson gekauft und kam jeden Morgen damit angebraust, in voller Ledermontur, was uns einerseits begeisterte und andererseits entsetzte und was wir auch irgendwie peinlich fanden.

Zehn Dinge, die man mit über fünfunddreissig nicht mehr tun sollte
1. Eine Harley-Davidson kaufen und jeden Morgen in voller Ledermontur damit zur Schule fahren.
2. Wörter wie *geil, fucking* oder *lol* verwenden.
3. Tanzen.
4. Der Klasse sagen, man hat einen *wahnsinnigen Kater* und alle dürfen nur ganz leise reden. Das beeindruckt uns nicht. Nicht im Geringsten.
5. Die eigene *Star-Wars*-Figuren-Sammlung beschreiben.
6. So tun, als würde man die Gameshow *Countdown* nicht sehen. Wir wissen doch genau, dass ihr das alle gern anschaut! Ihr denkt nämlich, ihr seid supergut mit Zahlen, und würdet alles geben, um dort aufzutreten!
7. Converse-Turnschuhe tragen oder Schuhe ohne Socken.
8. Über Bands reden, die hundert Jahre alt sind, zum Beispiel Oasis.
9. Einen Satz mit *Zu meiner Zeit* anfangen.
10. Sex haben. Das ist total widerlich.

Mein Erzfeind David Fugue quälte mich zwar nach wie vor, aber nicht mehr wegen Jason. Ich lieferte ihm allerdings auch genug Angriffsziele, ehrlich gesagt. Ich hatte Pickel auf der Stirn, während seine Haut makellos war, also verspottete er mich und warf mit Clearasil-Fläschchen nach mir. Und als ich auf meiner Oberlippe ein paar Barthärchen entdeckte, wollte ich sie mit dunklem Filzstift ein bisschen deutlicher sichtbar machen, aber dann sahen sie natürlich aus wie aufgemalt, und es war völlig unmöglich, die Farbe abzuwaschen – diese Art von Filzstift hält sich tagelang. Und dann entdeckte David, dass ich den Namen *Laura* vorne auf mein Heft gekritzelt und mit Herzen verziert hatte – mir war gar nicht bewusst gewesen, dass ich es machte –, und schon erzählte er allen Leuten, ich hätte mich in ein Mädchen verknallt und sei der schwulste Junge an der ganzen Schule, was nicht besonders logisch war, aber alle stimmten ihm zu. Außer Jake Tomlin. Das ist der Junge, der tatsächlich schwul ist und es schon letztes Jahr allen mitgeteilt hat. Jake erklärte, ich sei nicht schwul, er könne Schnecken von Austern unterscheiden – was immer das heißt. Ich wollte mich bei ihm bedanken, war mir aber nicht sicher, ob er das als Beleidigung auffassen würde, also ließ ich es lieber bleiben.

Zu Hause erwähnte niemand, dass in unserem Leben jemand fehlte, und manchmal kam es mir fast so vor, als hätten alle meinen Bruder Jason vergessen, außer mir.

Meine Anwesenheit bemerkten Mum und Dad auch nur marginal. Sie klebten dauernd an ihren Smartphones, iPads und Laptops. So gut wie jeden Abend waren Leute aus der Partei bei uns, weshalb ich nie fernsehen konnte. Diese Leute gingen Listen mit Namen durch und versuchten zu entscheiden, ob die entsprechenden Personen ein klares *Ja* oder ein klares *Nein* waren oder ob sie überredet werden konnten. Als ich Mum fragte, wozu sie die Leute überreden wollte, sagte sie: »Dass sie mir ihr Vertrauen schenken.«

Deshalb dürfte es keine allzu große Überraschung sein, wenn ich berichte, dass es mehrere Stunden dauerte, bis jemand mein Verschwinden bemerkte, als ich in den Frühjahrsferien von zu Hause weglief.

Es fing damit an, dass ich überraschenderweise einen Brief erhielt. Ich bekomme nie Briefe, nur hin und wieder eine Geburtstagskarte, deshalb war es ein richtiger Schock, als mich eines Morgens ein Brief auf dem Küchentisch erwartete. Im Umschlag fand ich einen Zwanzig-Pfund-Schein und einen kurzen Brief:

Lieber Sam,

komm doch ein paar Tage hierher! Hier ist Geld für die Fahrkarte Ich hole dich am Freitag in Oxford am Bahnhof ab.

Peace,
Tante Rose

Eine elfte Sache, die man mit über fünfunddreissig nicht mehr tun sollte
11. »Peace« sagen.

Ich freute mich über den Brief – und über das Geld –, war aber nicht besonders erstaunt, dass Tante Rose mich plötzlich einlud. Sie war bekannt für solche Aktionen. Einmal hatte sie einen Obdachlosen aufgefordert, ein paar Tage zu ihr zu ziehen, damit er seine Erkältung auskurieren konnte – mit dem Ergebnis, dass aus diesem Mann mein Onkel Bernie wurde, bis sie sich zwei Jahre später von ihm scheiden ließ. Ein anderes Mal nahm sie eine syrische Flüchtlingsfamilie bei sich auf, die ein halbes Jahr bei ihr lebte, und Mum sagte, wir könnten sie nicht besuchen, weil die Hinterbänkler vielleicht meckern würden, wenn sie es erfuhren. Und als Prinz Philip in den Ruhestand ging, lud sie sogar ihn ein, bei ihr zu wohnen. Sie könnten ja zusammen spazieren gehen, schrieb sie ihm, und abends Heidelbeermarmelade kochen. Als Antwort erhielt sie ein nettes Schreiben, in dem stand: *Danke für das äußerst freundliche Angebot, aber – nein danke, kein Bedarf.*

Ich kam mir gleich ganz erwachsen vor, weil ich ohne Mum und Dad eingeladen wurde, und ich konnte mich auch nicht erinnern, je so viel Geld in der Tasche gehabt zu haben. Als ich am Freitag aus der Schule kam, zog ich sofort meine Schuluniform aus, packte eine Tasche, nahm die U-Bahn zur Paddington Station und von dort den Zug. Ich freute mich sehr darauf, meinen Bruder Jason wiederzusehen, und hoffte, dass er auf mich nicht so sauer war wie auf unsere Eltern.

Die Fahrt nach Oxford dauerte nicht lang, nur ungefähr eine Stunde. Unterwegs versuchte ich, *Der goldene Kompass* zu lesen, aber die Wörter purzelten durcheinander und setzten sich dann wieder neu zusammen – ich wünschte mir sehnlichst, mein Bruder Jason wäre da und würde mir helfen, sie zu ordnen. Als der Zug in den Bahnhof einfuhr, wartete Tante Rose bereits am Gleis auf mich. Sie grinste breit und schrie so laut, dass alle Leute sich umdrehten und ich mir schon überlegte, ob ich nicht lieber kehrtmachen sollte und mit dem nächsten Zug nach Hause fahren.

»Ich wusste, du würdest kommen!«, rief sie. »Ich hab mir gesagt: Auf Sam ist Verlass. Er lässt dich nicht im Stich. Wie schön, dass du da bist. Und du bist ja riesengroß geworden, seit ich dich das letzte Mal gesehen habe. Aboud war so alt wie du jetzt, als er zu mir gekommen ist – er war damals nicht mal eins sechzig, aber dann ist er in die Höhe geschossen, und als er gegangen ist, war er fast bei eins achtzig. So ist das in dem Alter, würde ich mal sagen.« Aboud gehörte zu der syrischen Flüchtlingsfamilie, die sie aufgenommen hatte.

Ich wunderte mich nicht darüber, dass Tante Roses Haarfarbe an den Energydrink *Lucozade* erinnerte, total orange. Jedes Mal, wenn ich sie sah, hatten ihre Haare eine andere Tönung, und nie eine normale, wie ich sie von meinen Wachsmalstiften kannte, sondern immer eine komische Mischung, als hätte jemand drei oder vier Stifte in einem Topf geschmolzen und dann umgerührt, um eine Farbe zu bekommen, wie sie in der Natur üblicherweise nicht vorkam. Über ihr Kleid staunte ich allerdings – es sah aus, als wäre es aus Müllbeuteln, Sackleinen und dem Fell eines toten Zebras zusammengenäht.

»Gefällt's dir?« Sie wirbelte herum und kickte mit dem Fuß in die Luft wie eine Tänzerin. Ihre Sandale flog davon und traf einen Mann am Kopf. Tante Rose musste zu ihm laufen, um sich zu entschuldigen und um den Schuh zurückzuholen. »Selbst genäht«, verkündete sie, als sie zurückkam.

»Hab ich mir fast gedacht«, sagte ich.

»Ja, es hat diesen maßgeschneiderten Chic, findest du nicht auch? Im Grund habe ich meinen Beruf verfehlt, Sam. Ich hätte Modedesignerin werden sollen, wie diese Vivienne Westwood. Ich habe mal sämtliche Kostüme für eine Produktion des *Sommernachtstraums* entworfen – nichts Hochklassiges, nur Repertoiretheater –, aber bei einer der Aufführungen saß Albert Finney im Publikum, das war im Durham Playhouse, und er ist anschließend hinter die Bühne gekommen, um die Schauspieler zu begrüßen. Ich war zu schüchtern, um zu ihm zu gehen, aber ich habe genau gehört, wie er meinen ersten Ehemann, deinen Onkel James, der den Bottom spielte, gefragt hat: *Wer um alles in der Welt hat diese Kostüme entworfen?* Er klang so was von verblüfft, weil sie wirklich superoriginell waren. Für mich war das ein herrlicher Moment, ich war rasend stolz.«

»Wer ist Albert Finney?«, fragte ich.

»Oh, ein ganz grandioser Schauspieler. Und gut aussehend! Vor deiner Zeit, würde ich denken. Dabei fällt mir ein – wie war die Zugfahrt? Hast du dich mit netten Leuten unterhalten?«

»Mum und Dad sagen immer, ich soll nicht mit Fremden reden«, sagte ich. »Die würden nur versuchen, mich zu begrapschen.«

»Ach, das ist doch albern«, sagte sie mit einer wegwerfenden Handbewegung. »Fremde Menschen sind immer am allerinteressantesten. Ich habe meinen dritten Mann im Zug kennengelernt, musst du wissen. Erinnerst du dich an Onkel Denzel?«

»Ja, klar!« Von Tante Roses Männern hatte er mir am besten gefallen. Er war mal mit mir im Themenpark Alton Towers und hatte mir so viel Zuckerwatte gekauft, wie ich wollte. Und er hatte massenhaft unanständige Witze auf Lager, die er mir voller Begeisterung erzählte.

»Denzel war nämlich Fahrkartenkontrolleur bei der Eisenbahngesellschaft Cross Country. Aber als ich ihn kennengelernt habe, war er ein stinknormaler Passagier, wie alle anderen auch. Wir saßen einander gegenüber und haben uns unterhalten, und wie's weiterging, weißt du ja. Denn weiter ging es, jedenfalls ein paar Jährchen. Dann habe ich ihn rausgeworfen. Komm her zu mir, Sam. Tante Rose muss dich drücken!«

»Okay«, sagte ich und wurde ganz verlegen, weil sie mich so fest an ihren riesigen Busen presste, dass ich fast keine Luft bekam. Wenn das in der Nähe der Schule passiert wäre und mein Erzfeind David Fugue es gesehen hätte, dann hätte ich es mir bis in alle Ewigkeit anhören müssen.

»Deine Mum und dein Dad hatten nichts dagegen, dass du hierherkommst?«, fragte sie, als wir zum Auto gingen. Sie wollte mich an der Hand nehmen, als wäre ich ein kleines Kind, aber ich vergrub meine Hände blitzschnell in den Hosentaschen.

»Ich hab's ihnen gar nicht gesagt«, antwortete ich. »Ich habe meine Tasche gepackt, bin mit der U-Bahn zur Paddington Station gefahren und dort in den Zug gestiegen.«

»Ach du meine Güte!« Tante Rose blieb stehen und musterte mich prüfend. »Meinst du nicht, sie machen sich Sorgen? Wir müssen sie gleich anrufen, wenn wir zu Hause sind, damit sie wissen, wo du steckst. Oder wir schicken ihnen ein Telegramm. Kann man heutzutage überhaupt noch Telegramme verschicken? Ich habe keine Ahnung! Im Krieg waren sie schwer in Mode. Ich war damals natürlich noch gar nicht auf der Welt. So alt bin ich dann doch noch nicht. Aber ich habe die entsprechenden Filme gesehen.«

»Alles gut«, sagte ich. »Ich habe auf meinem Bett einen Zettel hinterlassen, auf dem steht, dass ich hier bin. Wenn sie was von mir wollen, wissen sie, wo sie mich finden.« Ich schaute mich um. War mein Bruder Jason auf den Bahnhof mitgekommen und wartete im Auto? Aber er war nirgends zu sehen. Ich konnte auch Tante Roses uralten Morris Minor nicht entdecken. Zu meiner großen Verwunderung hatte aber jemand beim Ausgang ein Pferd an den Zaun gebunden. Als das Pferd uns hörte, drehte es den Kopf in unsere Richtung und schien sich zu verneigen.

»Wer bringt denn ein Pferd auf den Bahnhof?«, fragte ich entsetzt.

»Oh, das ist Bertie Wooster«, erklärte Tante Rose. »Habe ich dir noch gar nicht von ihm erzählt? Ich habe mein Auto verkauft – zu teuer in der Haltung, und außerdem verpesten die Autos mit ihren Abgasen die Luft und werden uns alle umbringen. Stattdessen habe ich mir ein Pferd gekauft. Es tankt weder Benzin noch Diesel, und man zahlt keine Steuern und keine Versicherung.«

Ich blieb stehen und schaute erst das Pferd an, dann meine Tante, dann wieder das Pferd, das mich seinerseits misstrauisch beäugte.

»Du bist auf einem Pferd hierhergeritten?« Ich konnte es nicht fassen.

»Ja, klar. Was ist daran so komisch? Früher haben sich alle Leute zu Pferd vorwärtsbewegt. Zum Beispiel, als Jane Eyre zum ersten Mal Mr. Rochester begegnet, sitzt er auf einem Pferd. Und in *Stolz und Vorurteil* reiten alle.«

»Willst du auch wieder nach Hause reiten?«

»Nein, ich lasse Bertie hier, damit er eine Familie gründet und sich ein eigenes Leben aufbauen kann. Wahrscheinlich kriegt er einen Job bei *Marks and Spencer*. Klar reite ich nach Hause, Sam! Und du ebenfalls. Bertie Wooster ist ein kräftiger alter Hengst, stimmt's? Er kann uns beide tragen.«

Das Pferd nieste dramatisch und zuckte die Achseln. In letzter Zeit waren viele seltsame Dinge geschehen, und im Vergleich zu den Entwicklungen bei uns daheim kam es mir fast schon normal vor, auf einem Pferd zu Tante Roses Haus zu reiten. Sie hob mich hoch und warf mich wie eine alte Schultasche auf Bertie Woosters Rücken. Ich bemühte mich, entspannt zu bleiben.

»Nichts wie heim!«, rief sie, und los ging's in Richtung Straße. Es war mir unangenehm, sie um die Taille zu fassen, aber mir blieb nichts anderes übrig, sonst wäre ich runtergerutscht. Sämtliche Autos hupten uns an, aber Bertie Wooster machte keinerlei Anstalten, sein Tempo zu beschleunigen. »Du hast bestimmt Hunger«, sagte Tante Rose zu mir. »Jungs in deinem Alter sind immer hungrig, glaube ich.«

»Ja, stimmt, ich bin am Verhungern.«

Während Bertie Wooster dahintrottete, stellte mir Tante Rose die ganzen Fragen, die Erwachsene immer zum Thema Schule stellen: *Gefällt es dir dort? Was ist dein Lieblingsfach? Wer ist dein bester Freund?* Aber als ich Mum und Dad erwähnte, schnaubte sie ärgerlich — es war nicht zu überhören, dass sie sauer war auf die beiden.

»Sind sie endlich zur Vernunft gekommen?«, fragte sie. »Oder benehmen sie sich immer noch wie zwei verwöhnte Kinder?«

»Wie meinst du das?«, wollte ich wissen.

»Na ja, sie haben seit Weihnachten keinen Kontakt mit ihrem erstgeborenen Kind, oder? Und sie haben das arme Kind auf die Straße gesetzt. Was sind das für Eltern, die so was tun?«

»Sie haben ihn nicht auf die Straße gesetzt«, protestierte ich. Allerdings — so wie ich mich erinnerte, hatten sie sich auch nicht viel Mühe gegeben, ihn zum Bleiben zu bewegen. »Er wollte weg.«

Tante Rose lachte kurz. »Na ja, es klingt so, als hätte sie in dieser Sache letztlich keine Wahl gehabt, nachdem sie jeden Tag so mies behandelt worden ist.«

»Wer?«, fragte ich. »Mum?«

»Nein, nicht deine Mum.«

Bertie Wooster nieste wieder, und fast wäre ich runtergerutscht. »Ich hab gedacht, er kommt vielleicht auch zum Bahnhof.«

»Wer?«

»Mein Bruder Jason.«

»Oh, nein«, sagte Tante Rose. »Ich habe Jason seit kurz nach Silvester nicht mehr gesehen.«

»Wie bitte?« Ich richtete mich auf, so dass meine Knie in die Seite des Pferdes drückten. Aus Protest bremste Bertie kurz ab und drehte sich mit einem drohenden Blick zu mir um. »Heißt das, er ist gar nicht da? Aber wo ist er dann? Keiner hat was von ihm gehört –«

»Entspann dich, Sam«, sagte sie. »Alles bestens! Ihr seht euch gleich wieder, versprochen. Schau – da sind wir.«

Bertie Wooster bog in die Zufahrt zu ihrem Haus ein und trottete zu dem Stall, den Onkel Bernie gebaut hatte – ursprünglich, um seine besorgniserregend große Sammlung von Nazi-Weltkriegs-Memorabilien zu beherbergen. Als das Pferd stehen blieb, sprang Tante Rose ab und half mir herunter. Ich fühlte mich gar nicht gut. Wenn mein Bruder Jason nicht mehr hier wohnte, was sollte ich dann machen? Hatte Tante Rose etwa vor, den ganzen Abend zu zweit mit mir Monopoly zu spielen? Und wo war er jetzt? Nach Hause war er garantiert nicht gefahren. Ich stellte mir vor, dass er auf der Straße schlief, und bei der Vorstellung bekam ich richtig Angst.

»Komm schon, Sam!« Tante Rose schloss die Tür auf. »Wir gehen rein.«

Tante Roses Haus war komplett anders als unseres. Mum und Dad fanden weiße Wände gut, an denen

Kunstdrucke hingen, die sie online beim Museum bestellten. Außerdem hatten wir eine Putzhilfe, die jeden Freitagmorgen kam und genau wusste, wie sauber und ordentlich Mum und Dad alles haben wollten. Im Gegensatz dazu war Tante Roses Haus total chaotisch. Überall lagen Bücher und Zeitungen herum, auf jedem Tisch standen halb abgebrannte Duftkerzen, und an den Wänden hingen echte Gemälde, wenn auch keine besonders guten. Was mir als Einziges richtig gut gefiel, war Sandy, ihre alte Boxerhündin, die angetapert kam, um mich zu begrüßen. Als sie meinen Geruch von früheren Besuchen wiedererkannte, sprang sie hoch, um mir übers Gesicht zu lecken, allerdings fiel ihr mit ihren müden Hüften das Springen relativ schwer.

»Du schläfst oben, im ersten Zimmer rechts«, sagte Tante Rose. »Wenn du möchtest, kannst du schon mal deine Tasche hochbringen.«

Ich nickte und ging die Treppe hinauf. Es war das Zimmer, in dem Mum gewohnt hatte, als sie etwa so alt war wie ich, das wusste ich. Seither hatte es sich kaum verändert: Die Tapete sah aus, als wäre sie zur Zeit von Heinrich dem Achten angebracht worden. Die Fotos an den Wänden zeigten Mum und Tante Rose bei verschiedenen Ferienreisen mit meinen Großeltern. Ich setzte mich aufs Bett und schaute auf die Uhr. Sieben Uhr. So ab neun Uhr konnte ich es mir erlauben zu sagen, ich sei müde, und ins Bett gehen. Morgen früh würde ich dann den ersten Zug nach Hause nehmen. Länger wollte ich auf keinen Fall hierbleiben, wenn wir nur zu zweit waren. Außerdem musste ich ja Mum und Dad mitteilen, dass mein Bruder Jason verschwunden war und wir ihn suchen mussten. Mum kannte bestimmt irgendwelche wichtigen Leute bei der Polizei, die uns helfen konnten, ihn zu finden.

Als ich wieder runterkam, roch es in der Küche schon nach Essen. Sandy saß bei Tante Roses Füßen und wartete geduldig darauf, dass etwas Essbares auf dem Boden landete.

»Ich mache vegetarische Spaghetti bolognese«, sagte Tante Rose. »Ist das okay?«

»Prima«, antwortete ich. »Aber kann ich vielleicht Fleisch in meiner Soße haben?«

»Nein. Fleisch ist Mord.«

»Okay.«

»Jessica müsste bald zurück sein«, sagte Tante Rose. »Sie ist kurz weg, um ein bisschen Basilikum für mich zu holen.«

Ich runzelte die Stirn. Jessica? Ich musste mich heute Abend also nicht nur höflich mit meiner Tante unterhalten, sondern auch noch mit einer Freundin meiner Tante. Mir war das gar nicht recht, aber ich beschloss, dass ich es überleben würde. Morgen um diese Zeit war ich ja wieder zu Hause.

»Also, Sam«, begann Tante Rose, während das Gemüse vor sich hin köchelte. Besonders lecker roch es nicht, und ich ärgerte mich, dass ich keine Peperami mitgebracht hatte. Ich hätte sie heimlich in meinem Teller verstecken können, wenn Tante Rose wegschaute.

»Ich kann mir vorstellen, die letzten Monate waren für dich ganz schön schwierig.«

Ich zuckte die Achseln. »Einfach waren sie jedenfalls nicht.«

»Du hast sicher vorher noch nie jemanden kennengelernt, der oder die transgender ist, oder?«

»Nein. Du?«

»Ja, ich kenne einige. Aber früher durften sie ja noch nicht sie selbst sein. Sie mussten sich ihr ganzes Leben lang etwas vormachen – sich selbst und dem Rest der Welt sowieso. Klingt nicht besonders spaßig, stimmt's?«

Ich schwieg.

»Hast du mit anderen Leuten darüber geredet?«

»Mit wem zu Beispiel?«, fragte ich.

»Na ja, mit deiner Mutter und deinem Vater.«

»Nein«, antwortete ich. »Sie haben keine Lust, darüber zu reden.«

»Oder mit Freunden?«

Wieder zuckte ich die Achseln. »Ich habe nicht viele Freunde, ehrlich gesagt. Und selbst wenn – ich glaube nicht, dass ich das gekonnt hätte. Es ist nicht leicht, darüber zu reden. Wie ging es ihm eigentlich? Als er hier war, meine ich.«

»Oh. Er war ganz okay, als er hierhergekommen ist. Durcheinander, klar. Verwirrt. Und er hat Leute gebraucht, die ihm zuhören und nicht über ihn urteilen. Ich wollte, meine Schwester hätte das getan, aber …« Sie schüttelte den Kopf und machte ein Gesicht, als müsste sie sich größte Mühe geben, um vor mir nicht allzu viele negative Sachen zu sagen. »Na ja, sie ist deine Mum«, sagte sie schließlich. »Ich muss mich zusammennehmen. Aber trotzdem – es ist echt schockierend.«

»Er denkt, er ist ein Mädchen!«, platzte ich heraus.

»Nein, tut er nicht«, erwiderte Tante Rose.

»Nein? Tut er nicht?« Ich schöpfte Hoffnung. Hatte mein Bruder Jason es sich anders überlegt? Wie sehr ich mir das wünschte.

»Er *denkt* nicht, er ist ein Mädchen«, sagte Tante Rose. »Sie *weiß*, sie ist ein Mädchen.«

»Sie ist keine Sie«, sagte ich. »Sie ist ein Er.«

»Sie ist kein Er, nur weil du sagst, sie ist ein Er«, sagte Tante Rose. »Wenn ich sagen würde, du bist eine Topfpflanze, wärst du dann eine Topfpflanze?«

»Das ist doch nicht das Gleiche!«, protestierte ich. »Nicht mal annähernd.«

»Niemand möchte als etwas bezeichnet werden, was er oder sie nicht ist, stimmt's? Was wäre, wenn ich sagen würde, du bist ein Mädchen? Du bist meine Nichte?«

»Bin ich nicht! Ich bin ein Junge. Ich bin dein Neffe.«

»Das weiß ich. Und du weißt es auch. Aber Jason empfindet anders.«

»Ich will nicht darüber reden«, sagte ich. »Ich dachte, er ist hier. Deshalb bin ich gekommen. Nur deshalb.«

»Oh, vielen Dank!«

»Nein, so habe ich es nicht gemeint –«

»Schon gut, Sam. Das war ein Scherz. Ich sehe doch, dass er dir fehlt.«

»Ja, er fehlt mir, und wie!« Ich spürte, wie mir die Tränen in die Augen stiegen.

»Jason war immer ein toller Bruder für dich, das merke ich.«

»Der beste Bruder, den man sich vorstellen kann. Ich will ihn wiederhaben. Ich wette, du hast ihm gesagt, es ist okay, wenn er ein Mädchen ist.«

»Ich habe ihm gar nichts gesagt.« Tante Rose ging an den Herd, um die Gemüsesoße umzurühren und die Spaghetti in einen Topf mit kochendem Wasser zu geben. »Ich habe ihn reden lassen und ihm zugehört, was keiner von euch getan hat, vermute ich. Er hat sehr gelitten. Hast du das gar nicht gemerkt? Und er hat jemanden gebraucht, der bereit ist, ihm zuzuhören.«

»Das haben wir doch versucht!«, sagte ich. »Wir alle. Aber ich glaube, er hat ewig lang gegrübelt, bevor er es uns gesagt hat, und dann hat er von uns erwartet, dass wir ihn sofort verstehen.«

Tante Rose seufzte und rührte schweigend weiter, aber auf einmal hielt sie inne, drehte sich zu mir um und musterte mich mit ganz enttäuschter Miene.

»Jetzt kapiere ich endlich«, sagte sie. »Du warst es, stimmt's?«

»Was war ich?«

»Sie denkt, es war deine Mutter oder dein Vater, aber du warst es! Auf den Gedanken ist sie gar nicht gekommen.«

»*Was* war ich?«, wiederholte ich etwas lauter.

»Du hast ihren Pferdeschwanz abgeschnitten«, sagte Tante Rose. »Du hast dich in ihr Zimmer geschlichen, als sie geschlafen hat, stimmt's? Du hast ihr die Haare abgeschnitten und weggeworfen. Oh, Sam! Wie konntest du nur!«

Ich schaute weg. Dabei hatte ich noch nicht mal Lust, es zu leugnen. »Ich habe ihm einen Gefallen getan«, sagte ich. »Er hat so idiotisch ausgesehen. Alle haben über ihn gelacht.«

»Über ihn oder über dich, Sam?«

»Über *ihn*«, beharrte ich.

»Aber es waren ihre Haare. Was gibt dir das Recht, sie abzuschneiden?«

»Er ist mein Bruder!«

»Nein, ist sie nicht.«

»Ist er doch! Und er hat versucht, immer mehr wie ein Mädchen auszusehen. Also habe ich ihm die Haare abgeschnitten. Ich habe gehofft, beim Aufwachen merkt er dann, dass er mit kurzen Haaren viel besser aussieht«, sagte ich. »Das ist doch kein großes Ding«, fügte ich trotzig hinzu.

»Ah, Schätzchen.« Tante Rose schüttelte den Kopf. »Es ist sehr wohl ein großes Ding! Wieso willst du das nicht sehen? Deine Schwester wollte als Mädchen erkennbar sein, und als Erstes hat sie sich einfach die Haare wachsen lassen. Und das hast du ihr weggenommen. Hast du eine Ahnung, wie tief sie das verletzt hat? Wie viel du ihr in dieser Nacht gestohlen hast?«

»Sag nicht immer *sie*«, knurrte ich. »Das finde ich ganz blöd.«

»Deine Gefühle sind wichtig«, sagte sie. »Ich will sie dir nicht ausreden. Aber in dieser Angelegenheit sind sie nicht das Wichtigste. Du bist wütend, und du bist verwirrt. Das ist verständlich – immerhin bist du erst dreizehn. Aber deine Schwester steht vor viel komplexeren Herausforderungen, die noch viel verwirrender sind. Wenn du sie liebst, dann bist du auf ihrer Seite.«

»Ich bin immer auf Jasons Seite«, versicherte ich.

Mit einem tiefen Seufzer widmete sich Tante Rose wieder ihrer Kocherei.

Als im Flur das Telefon klingelte, hob sie die Hände, in jeder ein Rührlöffel. »Könntest du bitte für mich rangehen, Sam? Sag einfach, ich rufe zurück, egal, wer es ist.«

Ich ging hinaus in den Flur, dankbar, dass ich fliehen konnte, und als ich abnahm, erkannte ich gleich die Stimme meiner Mutter.

»Rose? Ich bin's, Deborah.«

»Hallo, Mum«, sagte ich.

»Sam? Bist du das?«, fragte sie nach kurzem Zögern.

»Ja.«

»Dann habe ich also noch einen Sohn an sie verloren, stimmt's?«

»Sie hat mich eingeladen.«

»Und mir hat sie kein Wort davon gesagt!«, erwiderte Mum. »Du übrigens auch nicht.«

»Doch, ich hab's dir gesagt«, log ich. »Vorgestern Abend. Und du hast gesagt, es ist okay. Außerdem habe ich auch noch einen Zettel auf mein Bett gelegt.«

»Hab ich wirklich gesagt, es ist okay?« Ich konnte hören, wie sie überlegte. Es hätte durchaus sein können, meine Geschichte war gar nicht so unwahrscheinlich – wenn ich es ihr gesagt hätte, wäre es sowieso nicht zu ihr durchgedrungen. »Ah, stimmt«, sagte sie. »Jetzt fällt es mir wieder ein. Tut mir leid, es ist mir irgendwie entfallen. Im Moment habe ich so viel am Hals.«

»Möchtest du mit Tante Rose reden?«

»Nein, ich wollte sie nur fragen, ob sie von dir gehört hat. Aber jetzt weiß ich ja, dass es dir gut geht, also brauche ich nicht mit ihr zu reden. Was gibt's Neues bei euch? Was macht ihr gerade?«

»Nichts Besonderes«, antwortete ich. »Im Moment kocht sie vegetarische Spaghetti bolognese.«

»Ach du meine Güte.«

»Finde ich auch. Und nachher kommt eine Freundin von ihr vorbei und bringt Basilikum. Die Freundin heißt Jessica.«

»Möchtest du nach Hause kommen, Sam? Ich kann einen Wagen vorbeischicken, wenn du willst. Ich will nicht, dass du irgendwelchen unerfreulichen Situationen ausgesetzt bist. Bradley ist draußen und –«

»Nein, danke, nicht nötig. Jetzt bin ich schon mal hier, da kann ich auch über Nacht bleiben.«

»Bist du sicher?«

»Sandy ist ja auch da«, sagte ich. »Und Bertie Wooster.«

»Wer?«

»Bertie Wooster. Bertie ist ein Pferd.«

»Ach, herrjeh. Und ist …« Ihre Stimme wurde brüchig, als würde sie mit den Tränen kämpfen. »Ist sonst noch jemand da?«

»Du meinst Jason?«

»Ja.«

»Im Augenblick ist er nicht hier, aber Tante Rose sagt, er wohnt immer noch bei ihr. Wahrscheinlich ist er gerade irgendwie unterwegs. Sie hat gesagt, dass ich ihn später sehe.«

»Okay. Dann … Sag ihm bitte …«

»Was soll ich ihm sagen?«

»Dass wir ihn vermissen.«

»Du kannst doch herkommen und es ihm selbst sagen, wenn du willst.«

Am anderen Ende herrschte lange Stille, während sie nachdachte. »Um wie viel Uhr bist du morgen wieder zu Hause? Was denkst du?«, fragte sie schließlich.

»Ich nehme den ersten Zug«, antwortete ich. »Den allerersten.«

»Gut. Dann halte dich bitte daran. Und tu das nie wieder, Sam, verstanden? Ich hab mir solche Sorgen gemacht.«

»Entschuldige.«

»Ist schon okay. Also dann – gute Nacht.«

»Gute –«, setzte ich an, aber da hatte sie schon aufgelegt.

Ich ging zurück in die Küche. Tante Rose drehte sich zu mir um. »Wer war's?«

»Mum«, antwortete ich.

»O Gott, ich nehme an, ich stecke wieder mal in Schwierigkeiten.«

»Nein, ich stecke in Schwierigkeiten.«

»Ach, immer noch besser du als ich«, sagte sie fröhlich. »Könntest du jetzt bitte den Tisch decken?«

Ich deckte für zwei Personen, aber Tante Rose schüttelte den Kopf, als sie das sah. »Für drei, Sam«, sagte sie. »Du hast Jessica vergessen.«

Ich holte also noch ein Gedeck, und als ich gerade Messer und Gabel hinlegte, hörte ich den Schlüssel im Schloss. Dann hängte jemand draußen im Flur einen Mantel auf.

»Perfektes Timing«, murmelte Tante Rose zufrieden, während sie die Nudeln in das Sieb kippte. Der Wasserdampf stieg ihr ins Gesicht.

In dem Moment ging die Küchentür auf, und ein Mädchen kam herein. Sie war vermutlich ein paar Jahre älter als ich, trug Bluejeans und eine weiße Bluse. Die frisch gefärbten blonden Haare hatte sie zu einem kleinen Pferdeschwanz zusammengebunden. Sie war leicht geschminkt, etwas Make-up und blassrosa Lipgloss. Als sie mich sah, blieb sie stehen, und ich starrte sie verwundert an.

Tante Rose drehte sich um. »Ah – meine Schuld«, sagte sie und zuckte die Schultern. »Ich wollte euch beide überraschen. Der Quatsch zieht sich jetzt schon viel zu lange hin, es wird Zeit, damit aufzuhören.«

»Sam«, sagte mein Bruder Jason und stellte die Tüte mit dem Basilikum auf den Tisch. Er wirkte verwirrt, verlegen und trotzig, alles gleichzeitig.

»Jason.« Ich wusste gar nicht, wo ich hinschauen sollte.

»Als Erstes muss jetzt Schluss sein mit diesem Jason-Unsinn«, sagte Tante Rose. »Jason ist in London geblieben, okay? Hier ist Jessica. Das ist der Name, den sie sich ausgesucht hat. Also, Sam, so lange du unter meinem Dach bist, zeig bitte Respekt und nenn sie bei diesem Namen. Sonst kriegen wir beide nämlich ganz schön Krach miteinander, und du musst im Stall bei Bertie Wooster übernachten.«

Nach dem Essen fragte mich mein Bruder Jason, ob ich mit ihm ein Stück rauswill, um zu reden. Da, wo Tante Rose wohnt, gibt es viele Wiesen und ein paar Kilometer entfernt einen Fluss mit einer Brücke. In diese Richtung gingen wir. Er gehe jeden Tag zum Fluss, erzählte mir mein Bruder, da könne er am besten nachdenken.

»Tut mir leid, dass ich mich nicht gemeldet habe«, sagte er. Ich zuckte die Achseln und tat so, als wäre mir das egal, dabei wussten wir beide, dass es mir ganz viel ausmachte. »Ich versuche rauszufinden, was das alles bedeutet, weißt du.«

»Ich war auch ziemlich beschäftigt«, sagte ich. »Mit der Schule. Mit den Hausaufgaben. Besonders viel gelesen habe ich aber nicht, weil mir keiner hilft.«

Er warf mir einen kurzen Blick zu, schwieg aber, und ich reagierte nicht. Ehrlich gesagt – ich wollte ihm wehtun.

»Tut mir leid«, sagte er dann. »Hättest du nicht Mum oder Dad fragen können?«

»Die haben doch dauernd zu tun. Mum will immer noch höher rauf auf der Karriereleiter. Und du weißt ja selbst, wie Dad ist.«

»*Lies doch einfach, was auf der blöden Seite steht.*«

Ich musste lachen. Er konnte Leute perfekt nachahmen. »Ja, genau«, sagte ich und bekam ein schlechtes Gewissen, weil ich versucht hatte, *ihm* ein schlechtes Gewissen zu machen, deshalb sagte ich: »Ich habe den *Goldenen Kompass* mitgebracht. Vielleicht kannst du mir nachher ein bisschen dabei helfen.«

»Ja, klar!«, sagte er. »Wenn wir nach Hause kommen, lesen wir ein paar Seiten.«

»Das wäre super«, sagte ich.

Schweigend gingen wir weiter. Wir kickten Steine, und als wir einen halb aufgepumpten Fußball entdeckten, den jemand weggeworfen hatte, kickte er ihn in meine Richtung, eine perfekte Bogenlampe über meinen Kopf, aber irgendwie schaffte ich es, genau im richtigen Moment hochzuspringen und den Ball zu fangen, wie ein Profi-Torwart.

»Klasse!«, rief mein Bruder Jason anerkennend, und ich war stolz auf mich.

»Wie lang willst du noch hierbleiben«, fragte ich ihn, als wir weitergingen.

»Keine Ahnung«, antwortete er. »Ich lerne vor allem für die Schule. Im Juni will ich trotz allem meine Abschlussprüfung machen, und hier kann ich mich besser vorbereiten. Nach allem, was vorgefallen ist.«

»Und es geht immer noch weiter?«, fragte ich mit einem Blick auf seine Kleidung.

Er nickte. »Ja«, sagte er. »Dr. Watson hat mir jede Menge Bücher zu dem Thema gegeben, und die helfen mir echt sehr viel. Und dienstagsabends gehe ich immer zu einer Selbsthilfegruppe.«

»Mit anderen Jungen wie du?«, wollte ich wissen.

»Jungen, die im Übergang zu Mädchen sind. Und umgekehrt. Und solche, die nur darüber nachdenken. Ich fühle mich da sehr gut aufgehoben.«

»Das ist bestimmt schön.«

»Und ich habe auch schon ein paar Freunde gefunden.«

»Und die sagen alle, dass du genau das Richtige tust, nehme ich an.«

»Ja, Sam«, sagte er ruhig. »Genau das sagen sie.«

»Und was redet ihr bei den Treffen?«, fragte ich.

»Was uns gerade einfällt. Zum Beispiel, wie schwierig das Ganze manchmal sein kann. Was für unangenehme Erfahrungen wir machen. Wir reden über die kleinen Erfolgserlebnisse. Über die Menschen, die uns so akzeptieren, wie wir sind, zum Beispiel Coach O'Brien. Über die Menschen, die das nicht tun. Und natürlich über unsere Familien.«

Ich schaute ihr an. »Redest du auch über mich?«

»Ja, ab und zu.«

»Hast du den anderen gesagt, dass ich normal bin?«

Er verdrehte die Augen. »Ich habe ihnen gesagt, dass du nicht so bist wie ich, falls du dir deswegen Sorgen machst. Mal ehrlich, Sam« – seine Stimme wurde lauter, weil er sich ärgerte –, »du hast keinen Grund, so gemein zu sein.«

»Ich bin doch nicht gemein!«

»Doch, bist du. Ob bewusst oder unbewusst.«

Wir schwiegen beide. Ich merkte, er war sauer, aber eigentlich fand ich nicht, dass es meine Schuld war. Andererseits wollte ich mich nicht mit ihm streiten, also beschloss ich, einen Schritt auf ihn zuzumachen.

»Tut mir leid«, sagte ich.

»Ist schon okay.«

»Ich kann mit Wörtern nicht so gut umgehen, das weißt du doch.«

»Das ist doch nur beim Lesen, Sam. Tu nicht so, als wüsstest du nicht, wie man Wörter beim Reden verwendet. Du weißt ganz genau, was du sagst. Menschen mit Dyslexie sind genauso klug wie alle anderen, sie können nur nicht besonders gut lesen.«

Ich kickte noch ein paar Steine, weil mir dazu nichts einfiel.

»YouTube ist übrigens auch klasse«, sagte er schließlich.

»Was?«

»YouTube. Da kann man sich die Geschichten von verschiedenen Leuten anhören. Manche fühlen sich nicht so wohl in Gruppen, also nehmen sie auf, was sie sagen wollen, und laden es hoch. Manchmal melden sich auch die Familien von Transmenschen. Du musst dir das mal anschauen. Vielleicht lernst du was dabei.«

»Kindersicherung«, sagte ich.

»Du weißt immer noch nicht, wie du die knackst?«

»Nein. Du?«

»Ja, klar. Schon lange. Ich zeig dir's nachher. Ich kenne ihre ganzen Passwörter.«

Ich war begeistert. »Cool!«

»Der nächste Schritt ist wahrscheinlich, dass ich mit einer Hormonbehandlung anfange.«

Mein Magen verkrampfte sich ein bisschen, und ich musterte ihn beunruhigt. »Was heißt das konkret? Nimmt man da Tabletten oder was?«

»Ja, Tabletten. Und man kriegt Spritzen. Es dauert aber noch ein halbes Jahr, bis ich damit anfangen kann. Der Übergangsarzt, mit dem Dr. Watson mich in Kontakt gebracht hat, muss es genehmigen. Wenn ich emotional so weit bin.«

»Und was machen die Tabletten?«

»Für mich verändert sich dann schon einiges«, sagte er. »Körperlich, meine ich. Ich verliere vielleicht ein bisschen Muskelmasse. Und man hat mir gesagt, es gibt eine Phase mit ziemlichen Stimmungsschwankungen, bis mein Körper sich an die medikamentöse Behandlung gewöhnt hat. Das ist bestimmt nicht ganz leicht. Und dann kriege ich … na, du weißt ja …«

»Was?«

»Komm schon, Sam. Du kannst es dir doch denken.«

»Was?«, wiederholte ich.

»Brüste«, sagte er. »Ich bekomme einen Busen.«

»Oh.« Mir wurde fast schwindelig. Das konnte ich mir beim besten Willen nicht vorstellen. »Können wir uns kurz hinsetzen?«

»Ja, klar.« Wir setzten uns auf den Boden, und da erst fiel mir auf, dass seine Beine ganz glatt waren, während bei mir seit Neuestem die ersten Härchen sprossen. »Ich habe angefangen, sie zu rasieren«, erklärte er, als er meinem Blick folgte.

»Das ist bestimmt ein komisches Gefühl«, sagte ich.

»Stimmt. Jedenfalls am Anfang. Aber jetzt ... jetzt fühlt es sich total okay an.«

Ich schaute vor mich hin und hörte in der Ferne den Fluss rauschen. Eigentlich wollte ich noch eine andere Frage stellen, aber sie war mir peinlich, und ich wusste nicht, wie ich mich ausdrücken sollte.

»Und diese Tabletten ...«, begann ich. »Machen die, dass dein Pimmel abfällt?«

»Ach, du guter Gott, Sam!« Jetzt wurde er richtig wütend. »Warum denkst du immer nur daran? Kapierst du denn nicht – ich will einfach das Geschlecht sein, das für mich richtig ist, und das hat überhaupt nichts damit zu tun, was in meiner Hose los ist! Es kotzt mich an, dein ewiges Pimmel-Gerede. Du bist ja besessen davon.«

Ich erschrak richtig, dass er so aufgebracht war. »Entschuldige.«

»Stimmt doch, oder? Du bist so darauf fixiert, dass es dir egal ist, was in meinem Kopf oder im Rest meines Körpers vor sich geht. Könntest du ausnahmsweise mal an was anderes denken?«

»Okay«, sagte ich und hob beschwichtigend die Hände. »Ich hab mich doch entschuldigt, oder?«

»Ja, schon«, knurrte er. Wir gingen jetzt weiter, sagten aber beide kein Wort.

»Ich glaube, ein Punkt beschäftigt mich am allermeisten«, sagte er nach einer Weile, und sein Tonfall war wieder entspannt, »nämlich wie es sich anfühlt, im Alltag als Frau zu leben, also jeden Tag. Mein Gesicht ist ziemlich männlich, deshalb denke ich, dass die Leute mich auf der Straße sicher oft anstarren und es immer welche geben wird, die mich blöd anmachen. Für den Rest meines Lebens.«

In mir stieg Wut hoch. Die Vorstellung war furchtbar für mich, dass irgendwelche wildfremden Leute sich über ihn lustig machten und dabei keine Ahnung hatten, wie genial er war und wie nett. Ich hatte nur einen Wunsch: Ich wollte immer an seiner Seite sein, als wäre ich der ältere Bruder und nicht er. »Wie wirst du damit klarkommen?«, fragte ich ihn.

»Keine Ahnung«, gab er zu. »Ich glaube, ich muss darauf hoffen, dass sich die allgemeine Einstellung ändert. Und dass die Welt insgesamt eher gut als grausam ist. Und außerdem weiß ich nicht, ob sich je ein Mensch in mich verliebt.«

»Klar verliebt sich jemand in dich!«, sagte ich. »Du bist so toll. Warst du schon immer. Nur ein Vollidiot merkt das nicht.«

»Sie muss sehr verständnisvoll und intelligent sein. Es wird sehr, sehr schwer. Das weiß ich.«

»Und trotzdem willst du es durchziehen?«, fragte ich.

»Ich habe keine Wahl«, sagte er. »Sonst ist mein ganzes Leben eine Lüge. Und ich will keine Lüge leben. Egal, was passiert, ich muss ich selbst sein.«

»Und diese Sache mit … *Jessica*?« Tante Rose hatte ihn den ganzen Abend mit diesem Namen angeredet. »Ist die auch für immer?«

»Ja«, sagte er. »Wenn du willst, kannst du auch Jessica zu mir sagen.«

Ich zögerte, aber dann schüttelte ich den Kopf. »Das kann ich noch nicht«, sagte ich. »Tut mir leid, aber ich bin noch nicht so weit. Ich gebe mir echt Mühe! Aber du bist mein Bruder Jason, und ich kann dich nicht anders sehen. Du wirst immer mein Bruder Jason sein.«

Er seufzte kopfschüttelnd und wandte den Blick ab. »Aber das bin ich nicht«, sagte er. »Hast du es immer noch nicht kapiert, Sam? Ich bin nicht dein Bruder Jason. Nicht mehr.«

8

DER VERRAT

Als der Premierminister zurücktrat, begriff ich endlich, warum Mum und Dad so hart gearbeitet hatten. Noch bevor er am Ende seiner Rede angekommen war, hatten Kamerateams vor unserem Haus Stellung bezogen und wollten nun ein Statement von Mum. Sie ließ die Leute eine Stunde draußen in der Kälte warten, bis sie schließlich gemeinsam mit Dad hinausging. Mir schärfte sie noch ein, ihnen ja nicht zu folgen oder sie durchs Fenster zu beobachten. Also machte ich den Fernseher an und schaute ihnen auf dem Bildschirm zu. Das war ein komisches Gefühl, denn ich brauchte mich nur im Sessel zurückzulehnen, dann konnte ich die beiden auf der obersten Treppenstufe stehen sehen, umringt von Fotografen, die Bilder machten, und von Journalisten, die ihre Fragen herausbrüllten.

»Heute ist ein sehr trauriger Tag für unser Land«, sagte Mum mit ernster, aber entschlossener Miene. Ihre Stimme kam sowohl vom Fernseher als auch von hinter mir, in Stereo. »Mein Freund, der Premierminister, hat unserem Land in mehr als sieben Jahren große Dienste geleistet, und nun muss ich schweren Herzens akzeptieren, dass er die Zeit gekommen sieht, zu neuen Herausforderungen aufzubrechen. Ich wünsche ihm und seiner Familie alles Gute für die Abenteuer, die nach seinem Abschied vom Amt vor ihnen liegen. Während der letzten Stunden bin ich mit Anrufen und Nachrichten von Parlamentskollegen und Freunden geradezu überschwemmt worden. Sie alle drängen mich dazu, mich um das höchste Amt zu bewerben. Ich habe diese Position nie angestrebt oder gewollt, aber wir befinden uns an einem kritischen Punkt in der Geschichte unseres Inselstaates, und ich kann meinem Land am besten dienen, wenn ich mich nun zur Verfügung stelle. Ich werde meinen Parteifreunden die Entscheidung überlassen, ob sie mich auf diesem Weg unterstützen wollen.«

Und schon begannen die Journalisten alle gleichzeitig mit ihrem Geschrei, aber Mum lächelte nur und ging wieder ins Haus, allerdings nicht ohne ihnen vorher noch die Gelegenheit zu geben, Winkewinke-Fotos von ihr und Dad vor unserer eigenen Nummer zehn zu machen. Als sie die Tür hinter sich geschlossen hatte, schaute Mum die Parteifreunde fragend an, die sich aus Solidarität im Flur versammelt hatten, ein knappes Dutzend, und alle versicherten ihr, sie sei phantastisch gewesen, absolut phantastisch.

»Glaubt ihr, es gibt noch andere Kandidaten?«, fragte sie und blickte nervös von einem zum anderen. »Ich habe zwar nichts gegen eine Ernennung, aber ein zahlenmäßiger Sieg wäre natürlich besser, oder? Ich hätte lieber ein echtes Mandat.«

»Da ist nur noch Joe«, sagte Dad. »Und ich würde denken, spätestens in einer Stunde wissen wir, was er vorhat. Wenn er ablehnt, dann hast du den Job. Aber selbst wenn er antritt, wirst du gewinnen. Du hast die nötige Unterstützung.«

Mum nickte. »Das denke ich auch. Aber es wäre eigentlich gar nicht schlecht, wenn er antreten würde. Falls er mit Anstand verliert, nützt das eventuell uns beiden. Sollen wir ihm das stecken? Ihn wissen lassen, dass ein guter Job für ihn drin wäre?«

»Warten wir doch einfach ab«, sagte Dad. »Sam, Finger weg von der Fernbedienung. Keiner wechselt den Sender, bis klar ist, was als Nächstes passiert. Die Hälfte aller Londoner Journalisten ist jetzt unterwegs zu Joes Haustür. Er muss sich demnächst äußern.«

Es war inzwischen schon zwei Wochen her, dass ich mich von Tante Rose verabschiedet hatte. Alle paar Tage telefonierte ich mit meinem Bruder Jason, und jedes Mal bat ich ihn, nach Hause zu kommen, aber er sagte immer, das kann er nicht – noch nicht. Unsere Gespräche fühlten sich an wie früher. Ich fing an, ihn zu fragen, wie es ihm jetzt geht, und mir wurde klar, dass er innen drin immer noch derselbe Mensch war, auch wenn sich äußerlich gerade vieles veränderte.

Bei mir hatte sich auch etwas verändert, aber ich erzählte keiner Menschenseele davon: Ich hatte eine Freundin. Mehr oder weniger. Es war einfach so passiert. Ich hatte mich nicht auf die Suche begeben, war aber trotzdem sehr froh darüber. Ich war nämlich gerade vierzehn geworden und musste plötzlich ständig an Mädchen denken, den ganzen Tag, vom Aufwachen bis zum Einschlafen. Es gab eine ganze Reihe von Mädchen, die mir gefielen, aber jede aus einem anderen Grund.

ZEHN MÄDCHEN UND DIE GRÜNDE, WARUM SIE MIR GEFALLEN

1. Penny Wilson, die früher mit meinem Bruder Jason zusammen war. Ich kann nicht vergessen, wie ich die beiden mal auf seinem Bett erwischt habe und ihr pinkfarbener BH unter der weißen Bluse hervorblitzte.
2. Dominique Fugue, die ältere Schwester meines Erzfeindes David Fugue. Sie hat so schöne karamellbraune Haut. Ich denke oft an sie und versuche, ihr den Bruder nicht als Minuspunkt anzurechnen.
3. Kate Middleton. Ich weiß nicht, wieso, aber ich habe mir schon immer gern Bilder von ihr angeschaut.

4. Sandra, ein Mädchen, das bei unserer Buchhandlung an der Kasse sitzt. Keine Ahnung, wie sie mit Nachnamen heißt, weil der nicht auf ihrem Namensschild steht, aber sie hat süße Augen und liest immer hinter der Theke.
5. Cheryl Tweedy. Jeder weiß, warum.
6. Miss Whiteside, meine Mathelehrerin, die aus Südafrika kommt. Ich mag sie schon sehr lange, besonders ihre Art, zu reden, und manchmal beugt sie sich über mich, wenn ich meine Rechenaufgaben mache. Dann kann ich ihr Parfüm riechen und falle fast in Ohnmacht.
7. Jivika Ghosh, die in derselben Jahrgangsstufe ist wie mein Bruder Jason und auch mit ihm befreundet. Sie ist einfach total heiß, und immer, wenn sie mich sieht, flötet sie »Hi, Sam!«. Dann werde ich knallrot, aber ich finde es wunderbar, dass sie weiß, wie ich heiße.
8. Saoirse Ronan – ich kann sogar ihren Namen aussprechen (*Sir-Scha*).
9. Das Mädchen auf Seite 126 der *Vogue*-Ausgabe vom Juni 2017. Das ist mein absolutes Lieblingsheft, und irgendwie liegt es immer oben in meiner abschließbaren Spezialbox hinten in meinem Kleiderschrank.
10. Meine neue Freundin.

Alles hat an dem Tag angefangen, als ich von Tante Rose nach London zurückgekommen bin. Ich ging in den Park und habe am See *Der goldene Kompass* weitergelesen. Mit dem Finger folgte ich den Wörtern und sprach sie laut aus, wenn es nötig war. Plötzlich hörte ich meinen Namen.

»Sam«, rief die Stimme. »Sam – nicht wahr?«

Ich drehte mich um, und mein Magen schlug einen Salto.

»Laura«, sagte ich, und meine Stimme schnellte etwa achtzehn Oktaven nach oben. Ich räusperte mich schnell und wiederholte ihren Namen, dieses Mal ganz tief, als wäre ich Morgan Freeman. Ich hatte sie seit dem Weihnachtstag nicht mehr gesehen, aber immer wieder an sie gedacht.

»Du weißt meinen Namen noch!«

»Klar«, sagte ich. »Du meinen ja auch.«

»Stimmt«, sagte sie und lachte. »Was machst du hier?«

Ich zuckte die Achseln und nickte in Richtung See. »Nicht viel«, sagte ich und klappte mein Buch zu. »Ich will rausfinden, wieso die Enten hier irgendwie glücklicher sind als ich.«

Sie grinste und setzte sich neben mich. So dicht, dass unsere Knie sich fast berührten. »Ich bin hergekommen, weil ich mir die Gärten ansehen will«, sagte sie. »Hast du sie dir in letzter Zeit mal angeschaut?«

»Ich bin durchgegangen«, antwortete ich und runzelte die Stirn. »Aber richtig angeschaut habe ich sie mir nicht. Jedenfalls nicht so wie du.«

»Diese Jahreszeit ist magisch.« Jetzt leuchtete Laura richtig. »Wenn die ganzen Knospen kommen.«

»Hast du dich schon immer für Blumen interessiert?«, wollte ich wissen.

»Ja, seit ich denken kann«, sagte sie. »Aber nicht nur für Blumen. Auch für andere Pflanzen. Und für Bäume. Mein Dad hat ein Buch mit lauter Bildern von supertollen Bäumen aus der ganzen Welt, und in diesem Buch blättere ich ganz oft. Irgendwann will ich mir diese Bäume alle ansehen.«

Ich blickte mich um. Überall standen Bäume, aber ich musste zugeben, dass ich noch nie Notiz von ihnen genommen hatte. Sie sahen aus, als stünden sie schon seit Jahrhunderten da. Wie viele der Jungen in meinen Alter, die hier rumsaßen und sich selbst bedauerten, so wie ich, hatten diese Bäume schon bemerkt?

»Das war doch grauenhaft, oder?«, sagte Laura, nachdem ich eine Weile nichts gesagt hatte. »Ich meine den Weihnachtstag. Nichts als Politik. Und wie mein Dad sich an deine Mum rangeschmissen hat, damit sie ihm einen guten Posten zuschiebt, wenn sie Premierministerin wird.«

»Glaubst du etwa, es kommt so weit?«, fragte ich. »Ich kann nur hoffen, dass nicht!«

»Ehrlich? Ich habe gedacht, dir würde das gefallen.«

»Ich sehe sie doch jetzt schon fast nie«, erwiderte ich.

»Wenn sie auch noch Premierministerin wird, war's das. Dann treffen wir uns erst bei meiner Hochzeit wieder.«

»Ach ja?« Laura kicherte. »Hast du schon eine Kandidatin im Auge?«

Ich lachte und merkte, wie ich rot wurde. »Ist doch nur so eine Redensart.«

»Na ja, ich sag's nicht gern, aber mir kommt es vor, als ob das mit der Premierministerin schon entschieden wäre. Es sei denn, irgendwas Unerwartetes wirft ihre Pläne über den Haufen. Aber es ist doch bestimmt spannend, in Downing Street Nummer zehn zu wohnen.«

»Ich bin total zufrieden mit Rutherford Road Nummer zehn«, gab ich zurück.

Eine Weile saßen wir wieder beide stumm da und blickten nur hinaus aufs Wasser. Dann kam eine alte Dame des Wegs, die in ihrer Handtasche nach Brot für die Enten kramte. Diese kamen begeistert angeschwommen und tunkten die Köpfe ins Wasser, um auch noch den letzten Krümel zu erwischen. Mehrere Enten watschelten sogar an Land, scharten sich um die Frau und warteten darauf, dass etwas auf dem Boden landete.

»Wie geht's deinem Bruder?«, fragte Laura.

»Meinem Bruder?«

»Ja, ich hab ihn an Weihnachten doch verpasst, weißt

du nicht mehr? Weil er in diesem Obdachlosenheim gearbeitet hat. Jedenfalls hat deine Mutter das behauptet – aber ich hab's ihr nicht so ganz abgenommen.«

»Ah, ja«, sagte ich – und musste wider Willen plötzlich lachen.

»Was ist so lustig?«, wollte sie wissen.

»Nichts.«

»Komm schon – da ist doch was.«

Ich drehte mich zu ihr. Unsere Blicke begegneten sich, und irgendwie spürte ich, dass ich mit ihr reden konnte. Dass ich ihr vertrauen konnte.

»Du hast recht«, sagte ich. »Er hat nicht dort gearbeitet. Mum hat das erfunden.«

»Wo war er dann?«

Ich beugte mich vor und schlug die Hände vors Gesicht. Ich weinte nicht, ich war nicht mal kurz davor, aber ich brauchte einen Moment Ruhe. Laura sagte nichts, und dafür war ich ihr dankbar. Als ich mich wieder aufrichtete und zu reden anfing, schaute ich sie nicht an, sondern starrte hinaus aufs Wasser.

»Letzten Sommer«, begann ich, »hat er uns mitgeteilt, dass er kein Junge mehr sein will. Das heißt, genauer: Er hat gesagt, er denkt, dass er kein Junge mehr ist. Oder dass er nie einer war. Sondern ein Mädchen. Ich weiß, das klingt total komisch, aber –«

»Das klingt überhaupt nicht komisch«, sagte Laura leise und nahm meine Hand. Das fühlte sich supertoll an. Ihre Haut war so weich, und es gefiel mir, wie sich ihre Finger um meine schlangen.

»Mum und Dad wollen aber nicht, dass er ein Mädchen ist. Darum haben sie ihn zu einem Psychologen geschickt, der aussieht wie der Sänger von Coldplay, und sie haben ihm quasi verboten, so was zu sagen. Aber er ist stur geblieben. Kurz vor Weihnachten ist er von zu Hause weggegangen und immer noch nicht wiedergekommen. Er wohnt bei meiner Tante Rose. Die hat ein Pferd namens Bertie Wooster, und sie nennt meinen Bruder Jason immer Jessica, weil er jetzt so heißen will. Er zieht Mädchenkleider an und nimmt Parfüm und hat einen neuen Pferdeschwanz, den alten habe ich ihm nämlich abgeschnitten, und jetzt tun bei uns zu Hause alle so, als würde er gar nicht existieren. Seit einer Ewigkeit haben sie nicht mehr über ihn geredet.«

Da kamen mir dann doch die Tränen, aber nur ein paar. Ich wischte sie mit der Hand weg – mit der Hand, die Laura nicht festhielt. Wieder sagten wir beide ganz lange nichts, aber dann durchbrach Laura das Schweigen.

»Hast du schon mal gedacht, irgendwas ist ein großes Ding, und als alles vorbei war, hast du dich gefragt, wieso du es so wichtig genommen hast?«

Ich schaute sie verwundert an. »Ja, irgendwie schon. Oder – nein, eigentlich nicht. Das heißt – ich hab keine Ahnung. Warum?«

»Vor acht Jahren oder so, da hat mein Dad eine Weile meine Mum verlassen. Ich war gerade erst sechs. Er hatte eine andere, und die beiden haben sogar ein Baby bekommen, meinen Halbbruder Damian. Ich war noch so klein und total durcheinander, weil meine Familie kaputt gegangen ist. Es stand auch in allen Zeitungen – Dad ist kurz vorher ins Schattenkabinett berufen worden, und die Sache war ein großer Skandal. Jedenfalls habe ich gedacht, das ist das Allerschlimmste, was je auf der Welt passiert ist, aber mit der Zeit hat sich alles wieder beruhigt, und meine Eltern sind sogar wieder zusammengekommen. Ich sehe meinen kleinen Bruder ganz oft, er ist echt süß. Ich kann mir das Leben ohne ihn gar nicht mehr vorstellen. Er ist mein absoluter Lieblingsmensch. Aber damals war das alles für mich ein Riesendrama. Und irgendwann ist es einfach ...« Sie überlegte einen Moment. »Keine Ahnung – es ist einfach vorbeigegangen.«

»Das habe ich alles gar nicht gewusst«, sagte ich.

»Woher auch? Außerdem ist es ja schon lange her. Ich will einfach nur sagen: Selbst wenn einem irgendwas vorkommt wie ein Megading, geht es irgendwann vorbei, und dann blickst du zurück und wunderst dich, warum alle so ein Theater gemacht haben. Vielleicht ist es mit deinem Bruder genauso. Klar, jetzt ist es total schlimm und belastend. Für dich, für deine Eltern und vor allem für ihn selbst. Aber stell dir mal vor, alles geht gut und alle akzeptieren, was er sagt, und er findet das

Glück. Und in fünf Jahren sind alle glücklich und zufrieden. Wenn du dann zurückblickst – würdest du dich nicht nachträglich fragen, *wozu die ganze Aufregung?*«

Ich zuckte die Achseln. »Kann sein. Aber ich bin mir nicht sicher, ob es einfach so vorbeigeht.«

»Warum nicht?«

»Kann ich mir irgendwie nicht vorstellen«, sagte ich.

»Warum nicht?«, hakte sie nach. »Was ist verkehrt daran, wenn die Leute Dinge klären und beschließen, dass sie glücklich sein wollen?«

»Bei dir klingt das so simpel«, sagte ich. »Aber bei uns geht alles in die Brüche. Meine ganze Familie. Ich weiß nicht mal, wo ich in ein paar Monaten wohne – und wo er wohnt, weiß ich erst recht nicht.«

»Sam«, sagte sie ganz leise. Sie klang richtig ernst. »Ich muss dir was sehr Wichtiges sagen.«

»Okay«, sagte ich.

»Nein, schau nicht weg. Du musst mir ins Gesicht sehen, wenn ich dir das sage – weil es etwas ist, was du dein Leben lang nicht vergessen wirst.«

Ich tat ihr den Gefallen, drehte mich zu ihr und blickte ihr in die Augen. Unsere Gesichter waren dicht beieinander, und mir wurde ein bisschen schwindlig, während ich sie ansah. In diesem Augenblick existierte die übrige Welt nicht mehr. »Und?«, fragte ich. »Was willst du mir sagen?«

»Das hier.« Sie beugte sich vor und küsste mich. Ihre

Lippen berührten meine. Ich war zwar total perplex, aber ich wusste trotzdem genau, was ich zu tun hatte. Ich entspannte Körper und Gesicht und erwiderte den Kuss. Und dann war er schon wieder zu Ende – obwohl er doch gerade erst angefangen hatte. »An Weihnachten – als ich gesagt habe, dass ich deinen Bruder süß finde, da habe ich auch gesagt, dass du aussiehst wie er. Erinnerst du dich?«, sagte Laura. »Dabei ist er doch, keine Ahnung, schon ganz schön alt. Eigentlich wollte ich sagen, dass ich dich süß finde.«

»Oh!« Ich lehnte mich wieder zurück, völlig sprachlos. Und ich hatte einen Steifen. Ich konnte nichts dagegen machen und hatte schon Angst, sie könnte nach unten blicken und mich für einen totalen Perversling halten. »Danke.«

»Du brauchst dich nicht bei mir zu bedanken«, sagte sie lachend.

»Okay.«

»War das dein erster Kuss?«

»Nein – natürlich nicht«, erwiderte ich und lachte so selbstbewusst, wie ich nur konnte. »Ich habe schon jede Menge Mädchen geküsst. Hunderte. Oder Tausende.«

»Echt?«

»Nein. Nur dich.«

»Okay.«

»Und du?«, fragte ich.

»Ich habe noch einen anderen Jungen geküsst. Aber

danach war er nicht sehr nett zu mir, deshalb will ich nicht so gern über ihn reden.«

»Okay«, sagte ich, nahm wieder ihre Hand und drückte sie. Dann schwiegen wir wieder, saßen nur da und schauten den Enten zu. Nach einer Weile merkte ich, dass sie den Kopf an meine Schulter gelegt hatte. Einerseits hätte ich sie wahnsinnig gern noch mal geküsst, andererseits wollte ich nicht, dass sie sich von mir wegbewegte, also sagte ich nichts, und sie sagte auch nichts, und insgesamt war es der perfekte Nachmittag.

»Du erzählst aber keinem was, versprochen?«, sagte ich, als wir uns zwei Stunden später an der U-Bahnstation verabschiedeten, nachdem wir uns noch ziemlich oft geküsst und uns fürs Wochenende zum Kino verabredet hatten. »Von meinem Bruder, meine ich. Du sagst keinem was, okay?«

»Natürlich nicht«, sagte sie und verschloss ihre Lippen mit der Reißverschluss-Geste. »Keinen Pieps.«

Zu Hause stand wieder die politische Zukunft meiner Mum auf der Tagesordnung. Immer mehr Leute kamen, Leute aus der Partei, Leute aus dem Wahlkreis, und fast alle hatten ein Telefon am Ohr oder ein iPad in der Hand. Ich stand neben Mum, als ein Parteifunktionär sie beiseitenahm.

»Ich hab's gerade erfahren«, sagte er. »Von Joes Truppe. Er wird nicht antreten.«

Mum trat einen Schritt zurück und hielt die Hand vor den Mund. »Das heißt, es ist vorbei?«, fragte sie. »Nur ich? Kein Gegenkandidat?«

»Sieht so aus«, sagte er. »Joe wird gleich ein Statement abgeben, und soweit ich es mitbekommen habe, versammelt sich dann die Partei hinter dir. Das steht außer Frage. Aber er verlangt selbstverständlich einen guten Posten —«

»Ja, klar.« Mum starrte in die Ferne. Ich konnte sehen, wie ihre Gedanken in die Zukunft schweiften. »Das ist nur fair. Aber zu gut darf der Posten auch nicht sein. Kein Job, in dem er mir auf lange Sicht Ärger machen kann. Also keiner von den großen vier. Gesundheit, vielleicht. Oder Verteidigung.«

»Ja, oder —«

Aus dem Wohnzimmer drang ein Schrei, dann rief uns einer der Parteimitarbeiter nach drüben. Wir rannten ins Wohnzimmer und starrten auf den Fernseher. Alle waren verstummt.

»Ich verstehe gar nichts mehr«, sagte Mum und schaute verwirrt auf den Bildschirm. »Das ist nicht Joes Haus.«

»Muss es aber sein«, sagte einer der Mitarbeiter. »Wieso sollten die Kamerateams sonst dort sein?«

»Aber ich war schon bei Joe zu Hause«, beharrte Mum. »Da sieht es komplett anders aus.«

»Wessen Haus ist es dann?«, fragte Dad.

»Keine Ahnung. Irgendwie kommt es mir bekannt vor, aber –«

Und dann verstummten alle – Joe kam allein aus dem Haus und stellte sich den Kameras. Er hielt ein Manuskript in der Hand und wiederholte fast Wort für Wort, was Mum vorher gesagt hatte: dass das Land in der Schuld des Premierministers stehe. Doch dann wich er vom Manuskript ab.

»Und nun ist für die Partei und das Land der Moment gekommen, eine neue Führungsperson zu bestimmen«, fuhr er fort. »Wie Sie alle wissen, habe ich während meiner Jahre in der Regierung in zahlreichen Ressorts gedient, was mir eine große Ehre war. Wenn ich zehn Jahre jünger wäre, würde ich vielleicht die ultimative Herausforderung annehmen und für das Amt des Premierministers kandidieren. Aber leider bin ich nicht zehn Jahre jünger und muss gestehen, dass ich spüre, meine Zeit ist vorbei.«

Mum sah Dad an. Er legte den Arm um sie und zog sie an sich. Alle im Raum jubelten, und erst als Joe weiterredete, wurden sie wieder still.

»In Augenblicken wie diesem«, sagte er, »das heißt – wenn wir in die Zukunft schauen und auf die potentielle Regierung der nächsten zehn Jahre, müssen wir uns fragen: Wer ist der beste Mann für diese Aufgabe? Welches Gesicht ist das richtige für unser Land? Wollen wir unsere großartige Tradition fortführen oder uns einer

Moderne öffnen, die manchen bedrohlich und wenig erstrebenswert erscheint?«

»Was für einen Quatsch redet er da?«, fragte Dad, aber Mum sagte nichts, und ich konnte ihr ansehen, dass sie schon ein paar Schritte weiterdachte. Ein kleines Lächeln huschte über ihr Gesicht, während sie verfolgte, was auf dem Bildschirm geschah. Alle anderen im Raum schnappten entsetzt nach Luft, aber Mum schloss nur kurz die Augen, und ihr Gesichtsausdruck sagte: *Ja, natürlich!*

Denn hinter Joe traten nun drei Menschen aus der Tür: Bobby und Stephanie Brewster, unsere Weihnachtsgäste, und ihre Tochter Laura, meine Freundin, die noch blasser und hübscher war als sonst. Aber sie zitterte am ganzen Körper, das konnte ich sehen, und sie schien den Tränen nahe.

»Und deswegen«, fuhr Joe fort, »deswegen denke ich – auch wenn Deborah Waver enorme Talente besitzt und unseren Mitbürgern in den kommenden Jahren zweifellos noch viel Gutes geben kann –, aber ich denke trotzdem, Bobby Brewster ist der richtige Mann, um unsere Regierung und unser Land zu führen. Sie alle kennen Bobby, er ist ein verantwortungsbewusster Staatsdiener, ein Mann des Volkes, ein Familienvater, dessen Familie – bitte verzeihen Sie mir den politisch nicht ganz korrekten Ausdruck – eine *normale* Familie ist.«

»Aber, aber«, sagte Bobby, lachte ein bisschen und schüttelte den Kopf.

»Nein, das soll natürlich keine Anspielung sein«, versicherte Joe. »Und ich muss betonen, dass Deborah Wavers familiäre Situation bei meiner Entscheidung für Bobby überhaupt keine Rolle gespielt hat, auch nicht die psychiatrische Problematik ihres ältesten Sohnes – der ihr Sohn ist, gleichgültig, was er selbst denkt. Ich glaube fest daran, dass wir an unseren Werten festhalten müssen. Und nun, Ladys und Gentlemen, präsentiere ich Ihnen den nächsten Premierminister von Großbritannien und Nordirland, Bobby Brewster.«

Bobby trat vor, die Kameras klickten, und obwohl er fast fünf Minuten lang sprach, hörte ich so gut wie nichts von seiner Rede. Im Zimmer herrschte Totenstille, und ich sah, dass Mum und Dad vor Wut und Fassungslosigkeit bebten.

»Tja, das war's dann wohl«, sagte Mum, als Bobby seine Rede beendet hatte und die Familie wieder im Haus verschwunden war. Sie blickte sich im Raum um. »Es ist vorbei.«

Und keiner widersprach.

Ich ging hinaus auf den Flur, um hoch in mein Zimmer zu gehen, das vermutlich als einziger Raum des Hauses nicht von Parteileuten besetzt war. Da klingelte das Telefon. Ich starrte es an und wollte eigentlich nicht abnehmen – garantiert war es ein Journalist, der um eine Stellungnahme bat. Aber es klingelte weiter, so lange, bis ich den Ton nicht mehr ertragen konnte und abnahm.

»Hallo?«, sagte ich.

»Sam? Ich bin's, Laura!« Sie klang richtig panisch. »Sam, es tut mir so leid. Ich wollte es keinem erzählen und hätte es auch nie getan, wenn ich geahnt hätte, was dann passiert. Ich habe es meiner Mum gegenüber erwähnt, weil ich ihre Meinung hören wollte, und ich habe gedacht, sie versteht das alles, weil sie gesagt hat –«

Ich hörte nichts mehr, denn ich legte einfach auf und ging langsam die Treppe hinauf in mein Zimmer. Dort schloss ich die Tür hinter mir ab und schwor mir, nie wieder einem Menschen zu vertrauen, so lange ich lebte.

9

Ein Junge, der so tut, als ob

Zehn Dinge, die über unsere Familie in der Zeitung standen, aber nicht stimmen

1. Dass ich dreizehn bin (*Sun*). Nein, inzwischen bin ich schon vierzehn.
2. Dass Mum und Dad sich bei einer Parteiveranstaltung kennengelernt haben und dass Mum es war, die Dad um ein Date gebeten hat (*Mirror*). Nein, sie sind sich in einem Theaterfoyer über den Weg gelaufen, und Dad hat Mum um ein Date gebeten.
3. Dass wir innerhalb von sechs Jahren elf Aupairs verschlissen haben und dass *jedes einzelne dieser armen Mädchen wegging, weil unverschämte Sachen von ihr verlangt wurden* (*The Times*). Stimmt fast, aber eben nur fast. Eins dieser armen Mädchen war nämlich ein armer Junge.
4. Dass Dad ein großer Fan von *Boyzone* ist (*Irish Times*). Nein, er ist ein großer Fan von *Westlife*. Und das ist ein Unterschied.

5. Dass Mum seit dem Beginn ihrer Parlamentskarriere gegen den Premierminister intrigiert hat (*Guardian*). Nein, ich habe nämlich mitgekriegt, wie sie zu Dad sagte, dass sie erst mit den Intrigen angefangen hat, als sie ins Kabinett kam.

6. Dass Tante Rose sowohl mit Mick Jagger als auch mit Mick Jaggers Sohn eine Affäre hatte. Dass sie in einem Pub einen Mann umbringen wollte, weil er über die Vorteile der Windenergie redete. Dass sie Brieffreundschaften mit neun verschiedenen Männern in amerikanischen Todeszellen pflegt (*Daily Mail*). Keine Ahnung, ob irgendwas davon stimmt. Könnte aber sein.

7. Dass ich in der Bergsteiger-AG bei uns an der Schule bin (*Telegraph*). Nein! Und ich habe keinen Schimmer, wo die das herhaben. In unserer Schule gibt es gar keine Bergsteiger-AG. Jedenfalls keine, von der ich weiß.

8. Dass mein Bruder Jason psychisch krank ist und Mum und Dad sich bei Spezialisten erkundigt haben, ob man ihn in eine Irrenanstalt einweisen soll (*Daily Express*). Nein, so was hätten sie nie gemacht.

9. Dass Mum und Dad Rutherford Road Nummer zehn gekauft haben, damit sie sich davor fotografieren lassen können, ehe sie in Dow-

ning Street Nummer zehn einziehen (*Observer*). Nein, das Haus hat Dads Eltern gehört, und er hat es von ihnen geerbt.
10. Dass Mum und Dad beide seit mehr als zwei Monaten nicht mit Jason geredet haben (*Sun, Mirror, The Times, The Irish Times, Guardian, Daily Mail, Telegraph, Financial Times, Observer*).

Okay, eigentlich sind es nur neun Sachen, die über unsere Familie in der Zeitung standen und nicht stimmen.

Es fühlt sich sehr seltsam an, in eine Klasse zu gehen, in der alle wissen, dass dein Bruder glaubt, er ist ein Mädchen, dass deine Mutter für das Amt des Premierministers kandidiert und dass die Zeitungen jeden Tag über deine Familie berichten. Keiner weiß, was er mit dir reden soll, aber gleichzeitig wollen alle unbedingt wissen, was bei dir zu Hause los ist. Sie halten dich für einen Freak, sind aber auch neidisch, weil du ein spannendes Leben hast und sie ein langweiliges.

Ich wünschte mir, sie würden mich einfach in Ruhe lassen. Es reichte mir, angestarrt zu werden, wenn ich aus dem Haus ging und wenn ich nach Hause kam, da brauchte ich das nicht auch noch in der Schule. Unsichtbarkeit war immer noch die beste Option.

In den zwei Wochen vor der innerparteilichen Abstimmung rief Laura mich ein paarmal an, aber ich ging nie an den Apparat. Unsere Putzhilfe zog ins Gästezimmer, um bei den Mahlzeiten zu helfen, Frühstück, Mittagessen und Abendessen, weil meine Eltern so viel zu tun hatten. Sie übernahm irgendwann auch die Herrschaft über das Telefon und sagte meiner Ex-Freundin, sie informiert die Polizei, wenn sie nicht aufhört, mich anzurufen. Als ich dieses Gespräch mit anhörte, fühlte ich mich gar nicht wohl, weil Laura mir fehlte. Vor allem fehlte es mir, sie zu küssen, aber ich war nicht imstande, ihr zu vergeben.

Ich wollte zwar nicht, dass Mum Premierministerin wird, aber es war schon so lange ihr Ziel, deshalb hoffte ich allmählich doch irgendwie, dass es ihr gelang. Immerhin war sie sehr gut in ihrem Job und wollte das Land verbessern, die gesamte Lebensqualität. Das merkte man daran, wie hart sie arbeitete und wie fleißig sie bis spät in die Nacht ihre Akten studierte. Es gibt einen Satz, den ich schon oft von ihr gehört hatte, wenn sie mit ihren Beratern diskutierte: *Aber wird es das Leben der Menschen verbessern?*

Während dieser Wochen war es meine Aufgabe, möglichst viel mitzuhelfen: zweimal am Tag die leeren Flaschen und Essenskartons zum Müll rauszubringen, nicht zu nerven – und vor allem nichts, aber auch gar nichts zu den vor dem Haus lauernden Journalisten zu sagen. In dem Punkt drohte bei Zuwiderhandlung die Todesstrafe.

Normalerweise wäre ich mit dem Rad in die Schule gefahren, weil das Wetter inzwischen wieder viel besser war. Aber da wir unter ständiger Beobachtung standen, holte Bradley mich jeden Morgen um acht ab. Er bahnte sich zielstrebig einen Weg durch die Reportermeute, schubste die Leute nach rechts und nach links und schleppte mich buchstäblich von der Türschwelle bis zum Auto, wo er mich auf den Rücksitz warf.

»Hast du nicht manchmal Lust, diese Leute allesamt auf den Mond zu schießen?«, fragte er mich am vierten Tag dieses nicht enden wollenden Theaters. »Wenn die in meiner Auffahrt rumstünden, würde ich sie mit dem Gartenschlauch wegspritzen. Ehrlich!«

Ich lachte. Die Idee gefiel mir. »Mum würde mich umbringen, wenn ich das täte.«

»Sie würde drüber wegkommen«, brummte Bradley.

»Jetzt sind es sowieso nur noch ein paar Tage«, sagte ich. »Dann hat sie entweder gewonnen – oder verloren. Und danach sind alle wieder weg.«

»Nicht, wenn sie gewinnt«, sagte er. »Wenn das passiert, habt ihr die ewig an der Backe.«

Dazu sagte ich nichts.

Die Zeitungen schrieben immer mehr über meinen Bruder Jason und machten ihn zum totalen Freak. *Wavers Sohn ist eine Transe!*, schrieb eine Zeitung. *Wavers Junge ist ein Mädchen! Waver-Nachwuchs schwankt zwischen den*

Geschlechtern! So ging es die ganze Zeit. Aber obwohl alle Reporter versuchten, ihn aufzustöbern, war weit und breit keine Spur von ihm zu sehen. Tante Rose sagte, er sei bei einer ihrer Freundinnen untergekommen, bis der Zirkus vorbei ist. Es gab allerdings auch ein paar Zeitungen, die sich auf seine Seite stellten und Artikel über junge Menschen brachten, die für sich die gleiche Entscheidung getroffen hatten. Als ich die Artikel las, hatte ich den Eindruck, dass diese Jugendlichen sich auf lange Sicht richtig gut fühlten.

»Sollen wir die Polizei bitten, ihn zu suchen?«, fragte Mum. Es war einer der seltenen Abende, an denen meine Eltern und ich alleine waren. Die Berater waren nach Hause gegangen, und sogar die Journalisten hatten Feierabend gemacht.

»Ich weiß nicht, ob das was bringt«, sagte Dad. »Er ist ja nicht entführt worden oder so was. Wir haben gewusst, dass er bei Rose ist, und jetzt wissen wir, dass Rose ihn irgendwo anders hingeschickt hat. Sie sagt, es geht ihm gut, aber sie verrät uns nicht, wo er ist, bis Jason sein Okay gibt. Ich bin mir sicher, er schwebt nicht in Gefahr und er meldet sich, wenn er so weit ist.«

»Aber ich mache mir Sorgen um ihn«, sagte Mum mit belegter Stimme.

»Ich mir auch«, sagte Dad und senkte den Blick. Das Schweigen, das folgte, fühlte sich unangenehm an.

»Wenn ihr euch solche Sorgen um ihn macht, hättet

ihr ihn nicht rausschmeißen dürfen«, sagte ich schließlich.

»Aber wir haben ihn doch nicht –«, begann Dad, aber Mum berührte ihn sanft am Arm, und er verstummte.

»Wir haben ihn vielleicht nicht direkt rausgeschmissen«, sagte sie leise. »Aber wir haben es ihm unmöglich gemacht, hierzubleiben. Wir sind schuld daran, dass er gegangen ist, und wenn ihm etwas zustößt, ist das ebenfalls unsere Schuld.«

Dann tat sie etwas, was mich immer aus dem Gleichgewicht brachte. Sie schlug die Hände vors Gesicht und weinte. Erschrocken starrte ich sie an. Was sollte ich tun? Aber dann nahm Dad sie in den Arm – und zu meinem großen Entsetzen fing er auch an zu weinen. Am liebsten wäre ich schreiend davongelaufen.

»Hört auf zu weinen!«, rief ich, aber sie ignorierten mich. »Hört auf zu weinen – bitte!«, wiederholte ich, jetzt etwas lauter, und stand auf. »Das hilft doch auch nichts!«

»Er hat recht«, sagte Dad und trocknete sich die Augen. »Wir müssen proaktiv handeln.«

»Wir hätten ihm besser zuhören sollen«, sagte Mum. »Wir hätten versuchen sollen, ihn zu verstehen. Wofür soll das alles gut sein?« Sie hielt eine Zeitung hoch, auf deren Titelseite ein Foto von ihr neben Bobby Brewster zu sehen war. »Wenn Jason nicht da ist und es mit uns gemeinsam erlebt? Wir haben ihn rausgeekelt, so ist es nämlich. Verdammt – wie kann ich behaupten, ich will mich um sechzig Millionen Menschen kümmern, wenn ich's nicht mal schaffe, mich um einen einzigen zu kümmern?«

Da fing Dad wieder an zu weinen. Mum nahm seine Hand und hielt sie fest. Die beiden redeten miteinander, als wäre ich gar nicht da.

»Weißt du noch, wie wir uns zum ersten Mal begegnet sind?«, fragte Mum.

»Ja, klar. In diesem Theater in der Shaftesbury Avenue.«

»Und weißt du noch, worüber wir uns am Anfang immer unterhalten haben, wenn wir ausgegangen sind? Unsere tollen Pläne für die Zukunft und wie wir das Land zum Besseren verändern wollen? Selbst wenn ich gewinne, was ja inzwischen so gut wie unmöglich scheint, kommt Jason nicht wieder nach Hause. Vielleicht bleibt er dann sogar erst recht weg. O Gott, Alan, was haben wir ihm angetan? Wie konnten wir unseren eigenen Sohn nur so behandeln?«

Dann sagten sie beide gar nichts mehr, sondern weinten wieder, und ich ging hinauf in mein Zimmer, warf aber vorher noch mal einen Blick ins Zimmer meines Bruders Jason – seine Poster, seine Bücher und das Bett, in dem seit Ewigkeiten keiner mehr geschlafen hatte.

»Wo bist du?«, fragte ich laut.

Als ich aus der Schule kam, erwartete sie mich auf halbem Weg zwischen unserem Haus und dem Park. Ich glaube, ich habe sie zuerst gesehen. Am liebsten hätte ich kehrtgemacht und mir einen anderen Heimweg gesucht, aber das brachte ich dann doch nicht über mich, weil ich sie so vermisste. Immerhin war sie meine Freundin. Oder sie war es jedenfalls ein paar Wochen lang gewesen. Das erste Mädchen, das ich je geküsst hatte. Es war aber nicht nur, dass ich sie noch mal küssen wollte – obwohl ich mir das wünschte, sehr sogar. Nein, ich hatte sie ganz einfach gern.

»Sam«, rief sie, als ich näher kam. Ich blieb mit gesenktem Kopf stehen, beschloss dann aber doch, zu ihr zu gehen.

»Ich glaube, wir sollten uns lieber nicht treffen«, sagte ich. »Wenn uns die Journalisten zusammen sehen –«

»Ich hab die Schnauze voll von Journalisten«, sagte sie. »Du nicht?«

»Doch, klar«, erwiderte ich. Ich fürchtete mich richtig vor dem Spießrutenlauf, der mich jedes Mal erwartete, wenn ich nach Hause kam oder wegging. »Ich weiß bei den meisten sogar schon den Namen.«

»Ich auch«, sagte sie. »Jeden Morgen um sechs tauchen sie auf und kreischen, wenn einer von uns die Haustür aufmacht.«

Ich grinste. Ich wollte sie anschreien, ich wollte weglaufen, ich wollte sie umarmen, sie küssen – alles gleichzeitig. Schließlich fragte ich sie, ob sie Lust hätte, mit mir in den Park zu gehen, und zu meiner Erleichterung sagte sie ja.

»Du hast alle meine Anrufe ignoriert«, sagte sie. Wir schlenderten zwischen den Anlagen herum, aber Laura schien die Beete gar nicht zu bemerken, obwohl die Frühlingsblumen gerade am Aufblühen waren. Sie hatte nur Augen für mich. »Deshalb habe ich aufgehört, dich anzurufen. Irgendwann kommt der Punkt, da kann ein Mädchen diese Demütigung nicht mehr ertragen.«

»Was ich dir erzählt habe ...«, begann ich zögernd. »Das habe ich dir unter dem Siegel der Verschwiegenheit erzählt. Es war nur für dich bestimmt. Ich habe mich dir anvertraut, Laura.«

»Ich weiß«, sagte sie. »Und ich wollte dich wirklich nicht hintergehen. Ich wollte dir helfen, ehrlich – aber dann habe ich gemerkt, das kann ich nur, wenn ich verstehe, was los ist. Also bin ich in die Bibliothek gegangen, um nachzulesen. Da habe ich aber nicht viel gefunden. Und im Internet waren die Seiten alle blockiert.«

»Jeder weiß doch, wie man das knacken kann!«

»Du weißt das?«

»Ja, mein Bruder Jason hat es mir gezeigt.«

»Tja – ich habe leider keinen Bruder Jason, Sam.«

»Es sind sowieso keine Pornoseiten«, sagte ich. »Die Seiten dürften gar nicht blockiert sein. Es geht um das Leben von Menschen.«

»Finde ich auch, aber so ist das Internet nun mal. Und dann habe ich es Mum erzählt. Ich wollte, dass sie mir erklärt, was sie weiß. Ich habe gedacht, es ist eine Sache zwischen mir und ihr, aber sie hat es Dad gesagt. Und der hat dann offenbar gedacht, er kann die Information nutzen, um selbst Parteivorsitzender zu werden. Ich hatte null Ahnung, dass er das überhaupt will! Er hat immer gesagt, er unterstützt deine Mum.«

»Das hat sie offensichtlich auch gedacht.«

»Ich glaube, er hat plötzlich seine Chance erkannt – und sie ergriffen.«

»Ja, super.«

»Falls es ein Trost für dich ist, Sam – ich bin auch total sauer auf ihn«, sagte sie.

»Dafür kann ich mir nichts kaufen«, entgegnete ich. »Aber danke, dass du's sagst.«

Schweigend gingen wir weiter. Ich hätte so gern ihre Hand genommen, brachte es aber nicht über mich. Irgendwie war ich immer noch wütend auf sie – und auf mich selbst, weil ich mich ihr anvertraut hatte, und das wollte ich ihr zeigen.

»Wie geht es ihm überhaupt?«, fragte Laura schließlich.

»Wem?«

»Deinem Bruder Jason.«

Ich zuckte die Achseln. »Keine Ahnung.«

»Hast du ihn nicht gesehen?«

»Nein.«

»Auch nichts von ihm gehört?«

»Wir haben telefoniert, aber das ist auch schon über eine Woche her. Bevor die Presse alles rausgefunden hat.«

»Heißt das, er ist nicht mehr bei deiner Tante?«

Ich schüttelte den Kopf und erzählte ihr alles, was ich wusste. Dass Tante Rose ihn zu einer ihrer Hippie-Freundinnen gebracht hatte, dass er aber bald zurückkommen würde. Das Einzige, was wir sicher wussten, war, dass er angezogen war wie Jessica und nicht wie Jason, als er zu der Hippie-Freundin ging. Das machte mir am meisten Sorgen. Ich wusste ja, es gab Leute, die nachts auf der Straße jemanden wie ihn einfach zusammenschlugen, wenn er ihnen über den Weg lief. Davon hatte ich in der Zeitung gelesen. Und wenn sein eigener Bruder ihm den Pferdeschwanz abschnitt, was tat ihm dann erst ein wildfremder Kerl an?

»Er kann sich doch nicht in Luft aufgelöst haben«, sagte Laura kopfschüttelnd.

»Natürlich nicht!«, rief ich leicht genervt. »Er ist in Sicherheit, das wissen wir, aber er will nicht mit uns reden. Weil seine eigene Familie ihn behandelt hat wie ein Monster. Er muss die Berichte über Mum in der Zeitung gelesen haben, und da hat er höchstwahrscheinlich gedacht, dass er sie bei der Abstimmung Stimmen kostet, wenn er nicht wegbleibt. Vielleicht sehe ich ihn nie wieder – und er war doch ... er war der beste große Bruder ...« Ich setzte mich auf eine Bank und merkte, wie meine Hände sich zu Fäusten ballten. Ich wollte auf irgendwas einschlagen. Oder es müsste jemand kommen und auf mich einschlagen. Hauptsache, dieser furchtbare Schmerz ließ nach.

»Er kommt bestimmt bald zurück«, sagte Laura.

»Woher willst du das wissen?« Jetzt schrie ich sie richtig an. »Woher will irgendjemand das wissen? Du hast ihn doch noch nie getroffen. Du kennst ihn überhaupt nicht. Du hast keine Ahnung, was in ihm vorgeht. Ich hätte für ihn da sein müssen, und ich habe es nicht geschafft. Er war mein Bruder Jason«, sagte ich. »Im Grunde ist es doch piepegal, dass er einen Pferdeschwanz haben will! Und dass er Kleider anzieht und sich schminkt und Jessica heißt! Das spielt doch alles keine Rolle! Ich habe ihn im Stich gelassen, ganz klar. Es ist alles meine Schuld.«

»Nein, meine«, sagte Laura und setzte sich neben mich. Sie nahm mich in den Arm, und ich ließ es zu. Und obwohl ich mich so mies fühlte und solche Schuldgefühle hatte, bekam ich wieder einen Steifen, als sie mich berührte. Ich hasste mich dafür, aber was konnte ich machen? Das kam ganz von allein. »Lass mich einfach in Ruhe«, murmelte ich und schob sie weg. »Wenn du es nicht deiner Mum erzählt hättest –«

»Ich hab dir doch gesagt, wie leid es mir tut!«

»Das interessiert mich nicht, Laura!«, rief ich, sprang auf und wischte die Tränen weg. Ich merkte, wie sich in meinem Kopf der nächste Satz bildete, und eigentlich wollte ich ihn nicht aussprechen, aber er kam trotzdem aus meinem Mund heraus. »Ich möchte dich nicht mehr sehen. Nie wieder.«

»Wenn ich es ungeschehen machen könnte –«
»Kannst du aber nicht.«
»Es war keine Absicht!«
»Getan hast du es aber trotzdem.«

Sie sah mich lange an. Dann nickte sie. »Okay«, sagte sie und stand nun ebenfalls auf. »Auch wenn's nichts hilft, Sam – es tut mir leid. Es tut mir wahnsinnig leid.«

»Ich will ihn einfach nur zurückhaben«, klagte ich und wehrte mich nicht mehr. Sie war so nett, und ich hatte solche Bauchschmerzen, dass ich mich krümmte. Ich öffnete den Mund und erwartete, dass ein lauter Schmerzensschrei herauskommen würde, aber es kam gar nichts. Nur Schweigen. Nur Einsamkeit.

Als ich abends nach Hause kam, schienen noch mehr Journalisten draußen herumzulungern als sonst. Die Parteiabstimmung fand schon in zwei Tagen statt, und die Zeitungen waren sich mehr oder weniger einig: Bobby Brewster würde gewinnen und Premierminister werden. Und Mum musste wieder zurück auf die Hinterbank. Es gab keine Nachrichtensendung, weder im Fernsehen noch im Radio, in der nicht das Thema Transgender angesprochen wurde. Jason hatte zwar eine Mutter und einen Vater, aber fast alle Journalisten machten Mum verantwortlich für sein *exzentrisches Verhalten*, wie sie sich ausdrückten. Selbst die Zeitungen, die meinen Bruder Jason unterstützten, brachten in ihren Artikeln nebenbei irgendwelche Spitzen gegen Mum, als wären ihr Ehrgeiz und die Tatsache, dass sie Karriere machte, irgendwie für alles verantwortlich.

Komischerweise war es gleichgültig, wer die Artikel verfasste, ob Mann oder Frau: Die Grundaussage war immer die gleiche: Mum war schuld, und Dad war ein Schwächling, weil er Mums Privatsekretär war. Alles wäre anders gelaufen, wenn Mum die ganzen Jahre zu Hause geblieben wäre und Shepherd's Pie zubereitet hätte. Mum sagte, ich solle diese Artikel nicht lesen, das sei alles Schwachsinn, aber ich konnte nicht anders. Ich musste wissen, was die Zeitungen über Mum schrieben. Über uns.

Mum und Dad saßen in der Küche nebeneinander am Tisch, umgeben von Parteimitarbeitern. Sie lasen ein dreiseitiges Dokument und machten sich darauf Notizen.

»Am besten gehst du in dein Zimmer, Sam«, sagte einer der jüngeren Helfer, und ich blitzte ihn wütend an, weil er mich aus meiner eigenen Küche vertreiben wollte.

Aber bevor ich etwas sagen konnte, brüllte Mum ganz laut: »Nein!«

Alle verstummten und sahen sie verdutzt an.

»Sam ist mein Sohn«, rief sie. »Und ich mache nicht noch mal den gleichen Fehler. Würdet ihr bitte Platz machen und ihn durchlassen?«

Die Menge teilte sich, und ich ging zu meinen Eltern. Ich blickte von Mum zu Dad und wieder zurück und fragte leise, damit die anderen es nicht hörten: »Was ist hier los?«

»Es ist vorbei«, sagte sie. »Ich gebe auf.«

»Aber wieso? In zwei Tagen ist die Abstimmung und —«

»— und ich kann sie nicht gewinnen. Deshalb ziehe ich mich lieber rechtzeitig in Würde zurück und überlasse Bobby das Feld.«

Ich nickte. »Gibt er dir wenigstens einen guten Posten?«

Sie schüttelte lachend den Kopf. »Das glaube ich kaum. Außerdem weiß ich gar nicht, ob ich überhaupt noch einen will.«

In meinem Inneren breitete sich eine tiefe Traurigkeit aus. Alles war schiefgelaufen. Mein Bruder Jason war seit einer Ewigkeit verschollen, Mum stand kurz davor, die Hoffnung auf den einzigen Job, den sie je wirklich haben wollte, aufzugeben, Dad wurde wahrscheinlich arbeitslos, und was sollte dann aus uns allen werden?

»Sam, hör zu – ich sage dir jetzt, was ich machen werde«, fuhr sie fort. »Ich gehe da raus und rede mit den Medien und teile ihnen meine Entscheidung mit. Das bedeutet leider, dass der Zirkus noch ein paar Tage weitergeht. Bis Bobby in der Nummer zehn ist und sein Kabinett vorgestellt hat. Aber danach beruhigt sich ganz bestimmt alles wieder. Es tut mir wirklich leid, dieses ganze Chaos.«

»Das ist okay«, sagte ich. »Aber bist du dir denn sicher? Du kriegst garantiert nie wieder die Chance, Premierministerin zu werden.«

»Ich habe seit drei Monaten mein ältestes Kind nicht mehr gesehen«, sagte sie und schluckte heftig. Ich sah, dass sie den Tränen nah war. »Erst jetzt habe ich begriffen, was ich unserer Familie angetan habe. Ganz ehrlich, Sam, die Antwort heißt: Ja, ich bin mir sicher. So sicher war ich mir noch nie bei irgendwas in meinem Leben.«

Mum und Dad standen auf. Ich nickte und wollte nach oben in mein Zimmer gehen, entschied mich aber anders. »Kann ich mit euch raus?«, fragte ich.

»Lieber nicht, Sam«, sagte Dad. »Die bombardieren deine Mum mit Fragen – das wird sehr unangenehm.«

»Deswegen will ich ja mit«, erklärte ich und blickte Mum an. »Ich möchte neben dir stehen, wenn die ihre gemeinen Fragen schreien. Können wir nicht allen anderen sagen, sie sollen im Haus bleiben?«

»Allen anderen?«, fragte sie.

»Ja, den ganzen Leuten hier.« Ich schaute mich um. So viele Parteimitglieder! Ich kannte die meisten überhaupt nicht, und keiner der Anwesenden hatte je irgendwie Interesse an mir gezeigt.

Mum sah Dad fragend an und zuckte die Achseln. »Ach, was soll's«, sagte sie. Und dann: »Alle mal herhören! Nur ich, mein Mann und Sam gehen raus zur Presse.«

Es erhob sich enttäuschtes Murren, weil alle wussten: Wer jetzt direkt neben Mum stand, war während der nächsten vierundzwanzig Stunden in sämtlichen Nachrichtensendungen zu sehen.

»Frau Ministerin«, sagte ein junger Mann in dunkelblauem Anzug, der in meiner Gegenwart schon ein paarmal sehr grob mit unserer Putzhilfe geredet hatte. »Vielleicht könnte ich meine moralische Unterstützung —«

»Die drei gehen nach draußen, sonst keiner«, verkündete da eine vertraute Stimme, und jemand trat vom Flur ins Zimmer. »Ich mache hinter ihnen die Tür zu. Alle Übrigen bleiben genau da, wo sie jetzt sind, oder es gibt Ärger.«

Es war Bradley, unser Fahrer. Seine Miene signalisierte unmissverständlich, dass er jeden fertigmachen würde, der ihm in die Quere kam.

»Vielen Dank, Bradley«, sagte Mum, und wir gingen in den Flur. Mum schaute nach links, zu Dad, dann nach rechts, zu mir, und lächelte. »Bereit?«

»Wir haben noch das ganze Leben vor uns, Deborah«, flüsterte Dad ihr ins Ohr. »Wir schaffen das, ich versprech's dir. Und danach konzentrieren wir uns ganz darauf —«

»— unser Kind nach Hause zu holen«, ergänzte Mum.

»Genau.«

Sie küsste ihn auf die Wange, dann nahm sie uns beide an der Hand, und wir traten durch die Haustür nach draußen.

Bei dem Blitzlichtgewitter hatte ich Probleme, die Augen offen zu halten. Auf Mum waren mindestens acht Fernsehkameras gerichtet, dazu ein Dutzend Radiomikrophone. Die Leute stießen und schubsten sich gegenseitig, jeder drängte nach vorne, immer näher zu uns, aber als Mum ihr Redemanuskript nahm und zu sprechen begann, trat Stille ein.

»Wir alle wollen eine stabile Regierung«, sagte sie. »Gleichgültig, wo wir politisch stehen, gleichgültig, welches Geschlecht wir haben, wie alt wir sind oder welchen Beruf wir ausüben, wir wollen alle, dass unser Land kompetent, erfolgreich und vernünftig geführt wird. Während meiner nunmehr sieben Jahre als Kabinettsmitglied und davor als Mitglied des Schattenkabinetts habe ich immer mein Bestes gegeben, um mein Ressort so effizient wie möglich zu leiten und Menschen in Not zu helfen. Und ich muss zugeben — ich fand die Vorstellung, Premierministerin zu werden, schon immer reizvoll, weil ich, ehrlich gesagt, davon überzeugt bin, dass ich den Job bewältigen könnte – und dass ich ihn *gut* bewältigen könnte. Aber wie Sie alle wissen, waren die letzten Wochen sehr anstrengend für meine Familie und mich. Man hat uns so rücksichtslos auf den Prüfstand gestellt, wie es kein Politiker verdient. Und das hatte eine furchtbare Wirkung auf uns. Zu meinen Parteifreunden und Parlamentskollegen sage ich nun Folgendes: Meine Familie bedeutet mir mehr als ihr alle miteinander, und das wird immer so bleiben. Nehmt also eure kleinkarierte Borniertheit und steckt sie euch – mit Verlaub – sonst wohin. Ich war gezwungen, mich zu ändern, und es ist höchste Zeit, dass alle das tun. Darum teile ich euch hier und heute mit, zwar schweren Herzens, aber voller Hoffnung auf die Zukunft, dass ich –«

Abrupt hielt sie inne. Ich sah sie an. Hatte sie es sich doch anders überlegt und wollte nun spontan ihre Rede umschreiben? Nein – ihr Blick ging an den Reportern, den Mikrophonen und Fernsehkameras vorbei, hinaus auf die Straße.

Da stand ein siebzehnjähriger Junge in Jeans und einem Arsenal-Trikot. Er hatte einen Dreitagebart, seine Haare waren raspelkurz geschnitten, wie bei jungen Soldaten, die gerade eingezogen wurden. Die Füße steckten in Doc-Martens-Stiefeln, und über der Schulter trug er eine Tasche. Alle drehten sich zu ihm um. Ich glaube, ich habe noch nie einen Jungen gesehen, der so ... so jungenhaft aussah wie er. Aber er sah auch todtraurig aus. Fast wie ein Junge, der nur so tut, als ob. So hätte mein Bruder Jason ausgesehen, wenn er gemacht hätte, wozu wir ihn die ganze Zeit gedrängt hatten. Zum ersten Mal merkte ich, dass er überhaupt nicht aussah wie er – wie sie – selbst.

Mit gesenktem Kopf trottete er langsam in Richtung Haustür. Die Reporter wichen zurück und ließen ihn durch. Dann stand er vor uns. Mum und Dad schauten ihn an, als könnten sie es gar nicht glauben, dass er nach Hause gekommen war.

»Was hast du denn mit dir gemacht?«, fragte Mum und musterte ihn von oben bis unten. Dann strich sie ihm sanft über den Kopf.

»Ich bin wieder so wie früher«, antwortete er leise und wich jedem Blickkontakt aus. »Das wollt ihr doch, oder? So kriegst du den Job! Es macht mir nichts aus, ehrlich. Ich kann das, versprochen. Ich werde nie wieder darüber reden. Ich bleibe jetzt so. Ich bleibe Jason.«

»Nach allem, was du durchgemacht hast?«, fragte Mum. »Nach allem, was wir dir angetan haben? Du würdest alles aufgeben – für mich?«

Er nickte.

Mum und Dad schauten erst ihn an, dann einander. Als mein Blick seinem begegnete, drehte ich mich schnell weg, weil ich mich so dafür schämte, wie ich mich in den letzten Monaten verhalten hatte, und weil ich gleichzeitig so stolz war auf seinen Mut.

In dem Moment war's vorbei mit der Stille. Die Reporter schrien uns ihre Fragen entgegen. »Jason?«, brüllten sie. »Jason, bist du endgültig zurück? Glaubst du immer noch, dass du ein Mädchen bist, Jason?«

»Es gibt keinen Jason!«, schrie ich, so laut ich konnte. Zum ersten Mal sprach ich mit der Meute – und sofort verstummten alle, während sämtliche Kameras und Mikrophone sich auf mich richteten.

Keins meiner Familienmitglieder sagte etwas, aber ich spürte ihre Blicke. Ich schluckte. Zum ersten Mal im Leben war ich für die ganze Welt sichtbar, und das wollte ich auch.

»Es gibt keinen Jason«, wiederholte ich, allerdings etwas leiser. Ich blickte nach rechts, zu dem Menschen, den ich schon mein ganzes Leben liebte und bewunderte. »Mein Bruder heißt Jessica.«

10

Ganz oben

Wer nie in der Downing Street Nummer zehn gewohnt hat, kann sich nicht vorstellen, wie komisch es da aussieht. In der Rutherford Road hatten wir vier Stockwerke und mehr Zimmer, als wir brauchten. Jetzt leben wir in einer kleinen Wohnung mit nur zwei Schlafzimmern und zwei Badezimmern, und wenn meine Schwester jedes dritte Wochenende von der Uni nach Hause kommt, dann müssen wir beide uns ein Zimmer teilen. Das ist total peinlich, aber wir führen ganz tolle Gespräche, wie früher, als ich noch klein war. Und jedes Mal, wenn ich die Treppe rauf- oder runtergehe, muss ich mir die Porträts und Fotos von vielen mürrischen Männern und von zwei Frauen anschauen, die vor Mum den Job hatten. Ich nehme an, wenn wir ausziehen, wird ein Foto von ihr dazugehängt, aber das passiert vermutlich nicht so bald, denn Mums Zustimmungsrate steigt und steigt.

Immerhin ist Bradley noch da. Er holt mich jeden Morgen ab und fährt mich in die Schule. Wenn er mich dort abgesetzt hat, verschwindet er und erledigt irgendwas, bis er mich dann wieder einsammelt.

Manchmal bringe ich drei Schulfreunde mit nach Hause: Jake Tomlin, Alison Beetle und meinen besten Freund, David Fugue. Wir spielen alle zusammen in einer Band. Jake Gitarre, Alison Drums, ich Keyboard, und David singt. Ich muss zugeben, er ist echt gut. Wir heißen *Your Breakfast* und kommen demnächst ganz groß raus. Kurz haben wir überlegt, uns *You're Breakfast* zu nennen, um die Leute zu verwirren, haben uns dann aber dagegen entschieden. David und ich sind Freunde geworden, kurz nachdem meine Mutter den Topjob gekriegt hat. Ich vermute mal, am Anfang wollte er sich einfach wichtig fühlen, aber irgendwann hat er sich bei mir dafür entschuldigt, wie er mich die ganze Zeit behandelt hat. Als ich ihn fragte, warum er eigentlich so gemein zu mir war, antwortete er, dass er sich in seinem eigenen Leben nicht zurechtfand und seinen Frust einfach an mir ausgelassen hat, vor allem eben, als es in der Gerüchteküche brodelte. Aber er bereute es jetzt echt, denn eigentlich hatte er mich schon immer nett gefunden. Und dann erzählte er mir, dass er Jake Tomlin geküsst hat und mit ihm zusammen ist. Ich musste ihm allerdings versprechen, dass ich es keinem verrate. Ich behalte es brav für mich – dabei gäbe es einen tollen Skandal, und alle würden wochenlang nur darüber reden.

Die Beamten können es nicht leiden, wenn wir in

dem Garten, der zur Horse Guards Road rausgeht, unsere Songs üben, aber wenn sich jemand beschwert, bringt Mum ihn oder sie mit einem einzigen Blick zum Schweigen, und damit ist die Sache erledigt. Und wenn jetzt jemand denkt, Mum ist krass, dann muss ich sagen: Dad ist noch viel krasser. Einmal, als der amerikanische Präsident auf Staatsbesuch bei uns war, kam er raus in den Garten und beklagte sich über unseren Lärm. Dad kam hinter ihm her und geigte ihm gründlich die Meinung: Wenn wir die jungen Menschen nicht zu positiven Aktivitäten wie Musik ermuntern, gehen sie vor die Hunde und entwickeln sich zu geistesgestörten Vollidioten, die nie ein Buch lesen und niemanden respektieren, außer sich selbst. Darüber regte der Präsident sich so auf, dass ihm das Toupet vom Kopf rutschte, und als Alison Beetle es ihm zurückgeben wollte, stürzten drei Männer vom Secret Service sich auf sie und warfen sie zu Boden. Sie ist zwar erst sechzehn, aber weil sie Schlagzeug spielt, ist sie ziemlich stark. Sie wehrte sich, und sofort rannten unsere eigenen Sicherheitsleute herbei, um alle Beteiligten zu trennen, und *schwupps*, war der diplomatische Zwischenfall perfekt. Kurz darauf setzte der Präsident einen Tweet ab:

> Wie soll man fernsehen, wenn vor dem Fenster Kinder ohne IQ scheußliche Katzenmusik veranstalten. Traurig!

Obwohl ihn das Außenministerium inständig bat, es nicht zu tun, antwortete Dad per Twitter mit einem *You*. Das heißt, er schrieb natürlich nicht nur *You*, sondern noch ein Wort davor, das sich auf *Zack!* reimt.

Mum ist jetzt seit zwei Jahren Premierministerin, und die meisten Leute finden, glaube ich, dass sie ihre Sache ziemlich gut macht. Sie stellt sicher, dass Gelder in Projekte fließen, die sie sinnvoll und wichtig findet, und sie hält andererseits Geld zurück, wenn sie der Meinung ist, dass die Leute, die es verwalten, schlecht arbeiten. Außerdem bereist sie die ganze Welt: Amerika, Kanada, Asien und fast jedes Land in Europa. Am liebsten mag sie allerdings Australien. Letztes Jahr hat sie mich an meinem Geburtstag dorthin mitgenommen, und der Premierminister lud uns in einen Pub namens *Fortune of War* ein, den ältesten Pub in Sydney. Ich hielt mich im Hintergrund, während sie über Politik redeten, was extrem langweilig war. Ich trank sieben Bier – bis ich buchstäblich in der Ecke lag. Da grölte ich aus Leibeskräften »Waltzing Matilda« und musste nach draußen geschleppt werden. Sämtliche Berater versuchten zu verhindern, dass die Presse mich dabei fotografierte, wie ich in den Rinnstein kotzte, aber Mum sagte, das könnten sie ruhig machen – morgen früh, wenn ich die Bilder in der Zeitung sah, sei es mir garantiert superpeinlich. Das sollte mir eine Lehre sein, und ich würde es garantiert nicht wieder tun. Und ich muss ehrlich sagen, als ich am nächsten Morgen den *Sydney Morning Herald* von der Fußmatte vor meinem Hotelzimmer nahm und die Fotos von mir sah, auf denen ich wie ein Blödhammel auf dem Boden liege, war mir das ganz schön unangenehm. Die gleichen Bilder waren auch in allen britischen Zeitungen zu sehen.

Das Verhältnis zwischen meinen Eltern und mir hat sich ziemlich verändert im Vergleich zu früher. Mum hat zwar echt viel zu tun, achtet aber immer darauf, dass wir einen Abend in der Woche gemeinsam verbringen und außerdem noch jeden Sonntagnachmittag ein paar Stunden. Da will sie dann, dass ich ihr alles erzähle, was gerade in meinem Leben passiert.

»Von jetzt an kann ich dir nicht mehr *alles* sagen«, habe ich ihr vor Kurzem eröffnet. Es gibt nämlich Dinge, die ich meiner Mutter auf keinen Fall erzählen kann. »Manche Sachen sind privat.«

»Na gut«, sagte sie seufzend und wirkte leicht beunruhigt. »Aber vergiss nicht – wenn es etwas gibt, worüber du reden willst, egal was – du kannst jederzeit zu deinem Vater oder zu mir kommen, ohne Hemmungen. Es gibt kein Problem, bei dem wir dir nicht beistehen können.«

»Okay«, sagte ich. »Aber ich habe kein Problem.« Das war die Wahrheit, denn alles lief bestens.

Neulich habe ich sie gefragt, wie lange sie diesen Job machen will.

»Höchstens noch fünf oder sechs Jahre«, antwortete sie. »Das genügt. Dann ist es Zeit, dass jemand anderes übernimmt, und wir können das Leben genießen. Aber vorher gibt es noch einiges, was ich erreichen will. Wenn man so einen Job hat, muss man auch etwas bewegen. Und ich habe ja gerade erst angefangen, Sam. Eines Tages wirst du zurückblicken und stolz auf deine Mum sein.«

»Das bin ich jetzt schon«, sagte ich.

Es ist komisch, aber irgendwie fühlt sich alles anders an, seit sie Premierministerin ist. In den ganzen Jahren, als sie sich hocharbeiten musste, hat sie kaum mitbekommen, dass ich da bin, aber jetzt ist sie ganz oben angekommen und kann nicht genug von mir kriegen. In gewisser Weise ist das gut, aber irgendwie komme ich nicht darüber weg, wie es vorher war. Manchmal würde ich das gerne mit ihr besprechen und ihr sagen, wie vernachlässigt und unwichtig ich mich gefühlt habe, aber jetzt ist nicht der richtige Augenblick dafür. Eines Tages, vielleicht.

Ich bin nicht mehr wütend auf sie, aber wenn ich zurückblicke, bin ich ein bisschen ratlos und frage mich, warum sie sich so verhalten hat. Andererseits frage ich mich auch, wieso ich mich als Kind so benommen habe, wie ich mich benommen habe. Keiner von uns ist perfekt, nehme ich an. Und außerdem ist sie meine Mum.

Mit Laura Brewster bin ich nicht mehr zusammen, sehe sie aber noch oft, weil sie nebenan wohnt, in Downing Street Nummer elf. Mum hat ihren Vater Bobby zum Finanzminister ernannt, obwohl er ihr in den Rücken gefallen ist. »Hol deine Freunde nah zu dir ran«, hat sie zu mir gesagt, »aber deine Feinde noch näher.« Es gibt mehrere Verbindungstüren zwischen unseren Wohnungen, und Laura und ich begegnen einander die ganze Zeit.

Wir sind zwar nicht mehr zusammen, sind aber gute Freunde geworden, und ohne Laura hätte ich nie Catherine kennengelernt, die meine neue Freundin ist, seit fast fünf Monaten. Catherine und Laura gehen in dieselbe Klasse. Als ich Catherine letzten Sommer in der Küche von Nummer elf gesehen habe, brachte ich kein Wort heraus. Ich konnte buchstäblich nicht sprechen. Ich glotzte sie bloß an und vergaß, wie man Silben produziert. Ich glotzte so lange, bis sie mich in den Arm boxte, um mich wieder aufzuwecken. Dann wollte ich was Schlaues und Geistreiches sagen, aber es kam nichts Vernünftiges aus meinem Mund heraus. Wahrscheinlich hielt sie mich für bekloppt. Aber als ich sie das nächste Mal sah, startete ich einen neuen Versuch, und dieses Mal schaffte ich es, nicht wie der totale Schwachkopf rüberzukommen. Bei der Schuldisco habe ich sie dann zum Tanzen aufgefordert, und seitdem sind wir zusammen.

Allerdings ist in unserer Klasse ein neues Mädchen. Sie heißt Aisha, ist mit ihrer Familie aus Delhi hierhergezogen und sitzt in Englisch neben mir. Sie hilft mir mit dem Lesen und sorgt dafür, dass die Wörter nicht auf der Seite herumpurzeln. Wir unterhalten uns oft über das Leben in Indien. Irgendwann will ich dort hinfahren. Ich habe Aisha sehr gern, und ich glaube, sie mag mich auch, aber eigentlich bin ich ja mit Catherine zusammen. Keine Ahnung, wie's weitergeht, aber es könnte sein, dass es bald Probleme gibt.

Jessica hat bei ihren Abschlussprüfungen nicht besonders gut abgeschnitten. Aber das war vermutlich zu erwarten, nach der schwierigen Zeit im letzten Schuljahr. Im Sommer drauf hat sie die Prüfungen wiederholt und ein besseres Ergebnis geschafft. Und jetzt studiert sie Englisch, in Norwich. Ein- oder zweimal pro Semester besuche ich sie dort und bleibe übers Wochenende. Dann machen wir lange Spaziergänge um den See und reden über unser Leben.

Inzwischen sieht sie mehr wie ein Mädchen aus als wie ein Junge, weil sie spezielle Tabletten nimmt. Sie hat keinen Bartwuchs mehr. Und sie kriegt Titten, das ist nicht zu übersehen – obwohl ich mir Mühe gebe, nicht hinzuschauen. Sie zieht sich an wie ein Mädchen, und die Jungs beachten sie im Vorbeigehen, weil sie jetzt wirklich wie ein Mädchen aussieht und nicht mehr wie ein Junge. Ich glaube, das gefällt ihr, aber sie sagt, dass jeder Tag schwierig ist, immer noch. Sie macht eine Therapie und hat eine Ärztin, die ihr hilft, und sie weiß natürlich nicht, was jetzt so real auf sie zukommt. Aber sie ist sicher, dass sie sich richtig entschieden hat. Sie spielt auch wieder Fußball – als das einzige Mädchen im Team, aber an der Uni scheint das keinen zu stören, weil sie sowieso besser ist als die meisten.

Wenn ich nach London zurückfahre, mache ich mir immer irgendwie Sorgen um sie, obwohl ich ja weiß, dass sie genauso lebt, wie sie es will. Ich blicke aus dem Zugfenster, betrachte die vorüberziehende Landschaft und denke über sie nach, statt Musik zu hören oder zu lesen.

Auf meiner letzten Rückfahrt saß ich einer älteren Dame gegenüber, die versuchte, ihrer Tochter eine Nachricht zu schreiben: Sie hatte ihren Zug verpasst und den späteren genommen, und ihre Tochter sollte bitte nicht zu früh zum Bahnhof kommen, um sie abzuholen. Aber mit dem Abschicken klappte es nicht, und die Frau regte sich immer mehr auf. Ich fragte sie, was los sei, und bot an, mir mal ihr Handy anzusehen, aber das Handy war echt alt, und in seinem Inneren rasselte irgendwas. Als ich die Dame fragte, ob das Handy ihr mal runtergefallen sei, sagte sie: »Ja, auf dem Bahnsteig, als ich eingestiegen bin. Es ist mir einfach aus der Hand gerutscht. Oje, glauben Sie, Sie kriegen es wieder hin?

Meine Tochter wartet mit den Zwillingen auf mich. Ich will nicht, dass sie stundenlang unnötig rumsteht.«

»Tut mir leid – ich fürchte, Ihr Telefon ist hinüber«, sagte ich und gab es ihr zurück. »Aber Sie dürfen Ihrer Tochter gern von meinem Handy eine Nachricht schicken, wenn Sie die Nummer auswendig wissen.«

Die Nummer wusste sie. Sie schrieb die Nachricht, drückte auf *Senden* und ging wieder auf Homescreen zurück. Als sie mir das Handy zurückgab, warf sie einen Blick auf das Hintergrundbild. Da war ein Foto von mir, aufgenommen am Wochenende. Ich stand vor der Englischen Fakultät und grinste wie verrückt.

»Hut ab!«, lobte die alte Dame. »So fröhliche Menschen sieht man selten. Und wer ist das hübsche Mädchen neben Ihnen? Ist das Ihre Freundin? Sie wirkt auch so glücklich! Ach, als ich jung war, habe ich auch mal so ausgesehen, so lebenslustig!«

Ich lachte und nahm mein Handy wieder entgegen. Kurz betrachtete ich das Foto. Ja, wir machten echt fröhliche Gesichter. Die schweren Tage waren vorbei.

Ich schüttelte den Kopf. »Nein, sie ist nicht meine Freundin«, sagte ich. »Das wäre echt krass. Sie ist meine Schwester. Meine Schwester Jessica.«

Danksagung

Für die vielen guten Ratschläge und für die Unterstützung bedanke ich mich herzlich bei Naomi Colthurst und dem ganzen Team von Penguin Random House Children's Books; bei Simon Trewin, Eric Simonoff und allen von WME; bei meinen Verlagen auf der ganzen Welt, die meine Bücher mit so viel Einsatz und Enthusiasmus herausbringen; und natürlich bei meinen Leser*innen. Ein Dank an euch alle.

Nachwort

Der schlechteste Rat, den man einem Schriftsteller geben kann, lautet: Schreib nur über das, was du kennst. Wer will sich dermaßen einschränken? Ich schreibe ja unter anderem deswegen, weil ich das Leben anderer Menschen erforschen möchte. Ich finde es interessant und außerdem eine spannende Herausforderung, über etwas zu schreiben, was ich *nicht* kenne, und durch das Schreiben mehr darüber zu erfahren, es zu begreifen und es dann so echt und wahrhaftig wie möglich zu zeigen – und dadurch helfe ich hoffentlich auch anderen, es zu verstehen.

In meinen Büchern für jüngere Leser habe ich immer über Kinder geschrieben, die in irgendeiner Form isoliert sind, durch Krieg, Leid oder weil sie im Stich gelassen wurden. Meine Bücher für Erwachsene sind mit der Zeit immer persönlicher geworden, ebenso meine Bücher für junge Menschen, und nun wollte ich herausfinden, wie sich ein Kind mit so komplizierten Fragen wie Gender und Sexualität auseinandersetzt, und zwar nicht, wenn die Problematik das Kind selbst betrifft, sondern einen Menschen, den es liebt.

Wir wissen alle, wie es sich anfühlt, wenn man jung ist und unbedingt dazugehören will. Alles, was uns von anderen unterscheidet, macht uns potenziell Angst. Es kann zu Mobbing und Isolation führen. Und es ist gar nicht einfach, sich für diejenigen einzusetzen, die angegriffen werden, weil wir uns dadurch womöglich selbst zur Zielscheibe machen. Aber wenn wir nicht für die Unterdrückten aufstehen, werden wir selbst auf die eine oder andere Art zum Unterdrücker. Wenn wir nicht Partei ergreifen für die Gemobbten, machen wir uns mitschuldig am Mobbing. Also überleg dir, auf welcher Seite du stehen willst. Überleg dir, was für ein Mensch du sein möchtest. Und triff eine Entscheidung, mit der du leben kannst.

Ich weiß nicht, wie es sich anfühlt, transgender zu sein, aber ich weiß, wie es sich anfühlt, als junger Mensch anders zu sein als die anderen und Angst davor zu haben, was dieses Anderssein bedeutet und welche Konsequenzen es haben könnte, wenn man sich jemandem anvertraut. Als ich so alt war wie Sam, merkte ich, dass ich schwul bin, und diese Erkenntnis hat mir große Angst eingejagt. Ich habe mit niemandem darüber geredet, weil ich mir nicht vorstellen konnte, dass irgendjemand mich versteht. Als ich so alt war wie Jessica, wollte ich meine sexuelle Orientierung noch immer nicht wahrhaben. Ich fürchtete mich davor, meine Freunde und meine Familie könnten dahinterkommen. Erst mit etwa zwanzig begriff ich, dass ich nie glücklich sein würde, wenn ich eine Lüge lebte. Falls die anderen mich, so wie ich war, nicht leiden konnten, dann sollten sie sich, mit Verlaub, verpissen. Also habe ich es den Leuten erzählt. Allen Leuten. Von da an war das Leben hunderttausendmal besser – man erlebt nämlich die schönsten Überraschungen, weil die Menschen oft viel freundlicher und hilfsbereiter sind, als man denkt.

Beim Schreiben dieses Buches habe ich mit vielen jungen Trans-Menschen geredet. Ich war begeistert von ihrem Mut, vor allem aber auch von ihrer Ehrlichkeit. Das sind Menschen, die ihr Leben so wahrhaftig wie möglich leben müssen – als sie selbst, als ihr wahres Selbst –, und das erfordert viel Mumm, solange die Gesellschaft allen Menschen, die nicht in ihr Gender-Schema passen, so verständnislos begegnet. Die Leute fürchten sich vor allem, was sie nicht verstehen. Aber je mehr man über ein Thema weiß, desto besser versteht man, dass man keine Angst haben muss.

Ich hoffe, *Mein Bruder heißt Jessica* führt jungen Lesern vor Augen, wie unglaublich mutig Trans-Jugendliche sind, und zeigt, es ist einfach nur eine weitere Facette des Menschseins, die wir feiern und bejahen können.

Alle Bücher von John Boyne

Habe ich   Wünsche ich mir

	Der Junge im gestreiften Pyjama	
	Der Schiffsjunge – Die wahre Geschichte der Meuterei auf der Bounty	
	Der Junge mit dem Herz aus Holz	
	Zu schnell	
	Die unglaublichen Abenteuer des Barnaby Brocket	
	So fern wie nah	
	Der Junge auf dem Berg	
	Mein Bruder heißt Jessica	

Das gesamte Programm gibt es unter www.fischerverlage.de